新潮文庫

河童・或阿呆の一生

芥川龍之介著

新潮社版

1808

目次

大導寺信輔の半生 ………………………… 七

玄鶴山房 ………………………………… 三三

蜃気楼 …………………………………… 五九

河童 ……………………………………… 七一

或阿呆の一生 …………………………… 一五一

歯車 ……………………………………… 一八九

注解 ………………………………… 三好行雄 二四一

解説 ………………………………… 吉田精一 二七〇

河童・或阿呆の一生

大導寺信輔の半生
―― 或精神的風景画 ――

一 本所

　大導寺信輔の生まれたのは本所の回向院の近所だった。彼の記憶に残っているものに美しい町は一つもなかった。美しい家も一つもなかった。殊に彼の家のまわりは穴蔵大工だの駄菓子屋だのの古道具屋だのばかりだった。それらの家々に面した道は泥濘の絶えたことは一度もなかった。おまけに又その道の突き当りはお竹倉の大溝だった。南京藻の浮かんだ大溝はいつも悪臭を放っていた。彼は勿論こう言う町々に憂鬱を感ぜずにはいられなかった。しかし又、本所以外の町々は更に彼には不快だった。しもた家の多い山の手を始め小綺麗な商店の軒を並べた、江戸伝来の下町も何か彼を圧迫した。彼は本郷や日本橋よりも寧ろ寂しい本所を——回向院を、駒止め橋を、横網を、割り下水を、榛の木馬場を、お竹倉の大溝を愛した。それは或は愛よりも憐みに近いものだったかも知れない。が、憐みだったにもせよ、三十年後の今日さえ時々彼の夢に入るものは未だにそれ等の場所ばかりである……

　信輔はもの心を覚えてから、絶えず本所の町々を愛した。並み木もない本所の町々

はいつも砂埃りにまみれていた。が、幼い信輔に自然の美しさを教えたのはやはり本所の町々だった。彼はごみごみした往来に駄菓子を食って育った少年だった。田舎は――殊に水田の多い、本所の東に開いた田舎はこう言う育ちかたをした彼には少しも興味を与えなかった。それは自然の美しさよりも寧ろ自然の醜さを目のあたりに見せるばかりだった。けれども本所の町々はたとい自然には乏しかったにもせよ、花をつけた屋根の草や水たまりに映った春の雲に何かいじらしい美しさを示した。彼はそれ等の美しさの為にいつか自然を愛し出した。尤も自然の美しさに次第に彼の目を開かせたものは本所の町々には限らなかった。本も、――彼の小学時代に何度も熱心に読み返した蘆花の「自然と人生」やラボックの翻訳「自然美論」も勿論彼を啓発した。家々も樹木も往来も妙に見すぼらしい町々だった。
　実際彼の自然を見る目に最も影響を与えたのは見すぼらしい本所の町々だった。彼は後年本州の国々へ時々短い旅行をした。が、荒あらしい木曾の自然は常に彼を不安にした。又優しい瀬戸内の自然も常に彼を退屈にした。彼はそれ等の自然よりも遥かに見すぼらしい自然を愛した。殊に人工の文明の中にかすかに息づいている自然を愛した。三十年前の本所は割り下水の柳を、回向院の広場を、お竹倉の雑木林を、――

こう言う自然の美しさをまだ至る所に残していた。彼は彼の友だちのように日光や鎌倉へ行かれなかった。けれども毎朝父と一しょに彼の家の近所へ散歩に行った。それは当時の信輔には確かに大きい幸福だった。しかし又彼の友だちの前に得々と話して聞かせるには何か気のひける幸福だった。

或朝焼けの消えかかった朝、父と彼とはいつものように百本杭へ散歩に行った。百本杭は大川の河岸でも特に釣り師の多い場所だった。しかしその朝は見渡した所、一人も釣り師は見えなかった。広い河岸には石垣の間に舟虫の動いているばかりだった。彼は父に今朝に限って釣り師の見えぬ訣を尋ねようとした。が、まだ口を開かぬうちに忽ちその答を発見した。朝焼けの揺らめいた川波には坊主頭の死骸が一人、磯臭い水草や五味のからんだ乱杭の間に漂っていた。──彼は未だにありありとこの朝の百本杭を覚えている。三十年前の本所は感じ易い信輔の心に無数の追憶的風景画を残した。けれどもこの朝の百本杭は──この一枚の風景画は同時に又本所の町々の投げた精神的陰影の全部だった。

二　牛　乳

信輔は全然母の乳を吸ったことのない少年だった。元来体の弱かった母は一粒種の彼を産んだ後さえ、一滴の乳も与えなかった。のみならず乳母を養うこともない貧しい彼の家の生計には出来ない相談の一つだった。彼はその為に生まれ落ちた時から牛乳を飲んで育って来た。それは当時の信輔には憎まずにはいられぬ運命だった。彼は毎朝台所へ来る牛乳の壜を軽蔑した。又何を知らぬにもせよ、母の乳だけは知っている彼の友だちを羨望した。現に小学へはいった頃、年の若い彼の叔母は年始か何かに来ているうちに乳の張ったのを苦にし出した。乳は真鍮の嗽い茶碗へいくら絞っても出て来なかった。叔母は眉をひそめたまま、半ば彼をからかうように「信ちゃんに吸って貰おうか？」と言った。けれども牛乳に育った彼は勿論吸いかたを知る筈はなかった。乳房は盛り上った半球の上へ青い静脈をかがやかせていた。はにかみ易い信輔はたとい吸うことは出来たにもせよ、到底叔母の乳などを吸うことは出来ないのに違いなかった。が、それにも関らずやはり隣の女の子に乳を吸わせる叔母を――穴蔵大工の女の子に固い乳房を吸って貰った。同時に又隣の女の子に乳を吸わせる叔母を憎んだ。

信輔は壜詰めの牛乳の外に母の乳を知らぬことを恥じた。これは彼の秘密は誰にも決して知らせることの出来ぬ彼の一生の秘密だった。この秘密は又当時の彼には或迷信をも伴っていた。彼は只頭ばかり大きい、無気味なほど痩せたのみならずはにかみ易い上にも、磨ぎ澄ました肉屋の庖丁にさえ動悸の高まる少年だった。その点は——殊にその点は伏見鳥羽の役に銃火をくぐった、日頃胆勇自慢の父とは似ても似つかぬことに違いなかった。若し牛乳の為とすれば、少しでも弱みを見せたが最後、彼の友だちは彼の秘密を看破してしまうのに違いなかった。彼はその為にどう言う時でも彼の友だちの挑戦に応じた。挑戦は勿論一つではなかった。或時はお竹倉の大溝を棹も使わずに飛ぶことだった。或時は回向院の大銀杏へ梯子もかけずに登ることだった。信輔は大溝を前にすると、もう膝頭の震えるのを感じた。けれどもしっかり目をつぶった、南京藻の浮かんだ水面を一生懸命に跳り越えた。この恐怖や逡巡は回向院の大銀杏へ登る時にも、彼等の

憎んだ。この小事件は彼の記憶に重苦しい嫉妬ばかり残している。が、或はその外にも彼の Vita sexualis は当時にはじまっていたのかも知れない。……

は又彼等の一人と殴り合いの喧嘩をすることだった。信輔は大溝を前にすると、もう

一人と喧嘩をする時にもやはり彼を襲来した。しかし彼はその度に勇敢にそれ等を征服した。それは迷信に発したにもせよ、確かにスパルタ式の訓練だった。このスパルタ式の訓練は彼の右の膝頭へ一生消えない傷痕を残した。――「貴様は意気地もない癖に、何をする時でも剛情でいかん」
　――信輔は未だに威丈高になった父の小言を覚えている。

　しかし彼の迷信は幸にも次第に消えて行った。のみならず彼は西洋史の中に少くとも彼の迷信には反証に近いものを発見した。それは羅馬の建国者ロミュルスに乳を与えたものは狼であると言う一節だった。彼は母の乳を知らぬことに爾来一層冷淡になった。いや、牛乳に育ったことは寧ろ彼の誇りになった。信輔は中学へはいった春、年とった彼の叔父と一しょに、当時叔父が経営していた牧場へ行ったことを覚えている。殊にやっと柵の上へ制服の胸をのしかけたまま、目の前へ歩み寄った白牛に干し草をやったことを覚えている。牛は彼の顔を見上げながら、静かに干し草へ鼻を出した。彼はその顔を眺めた時、ふとこの牛の瞳の中に何にか人間に近いものを感じた。彼の記憶の中には未だに大きい白牛が一頭、空想？――或は空想かも知れない。が、花を盛った杏の枝の下に柵によった彼を見上げている。しみじみと、懐しそうに。

……

三　貧　困

　信輔の家庭は貧しかつた。尤も彼等の貧困は棟割長屋に雑居する下流階級の貧困ではなかつた。が、体裁を繕ふ為により苦痛を受けなければならぬ中流下層階級の貧困だつた。退職官吏だつた、彼の父は多少の貯金の利子を除けば、一年に五百円の恩給に女中とも家族五人の口を餬して行かなければならなかつた。彼等は玄関とも五間の家に——しかも小さい庭のある門構えの家に住んでいた。けれども新しい着物などは誰一人滅多に造らなかつた。父は常に客にも出されぬ悪酒の晩酌に甘んじていた。母もやはり羽織の下にはぎだらけの帯を隠していた。信輔も——信輔は未だにニスの臭い彼の机を覚えている。机は古いのを買つたものの、上へ張つた緑色の羅紗も、銀色に光つた抽斗の金具も一見小綺麗に出来上つていた。が、実は羅紗も薄いし、抽斗も素直にあいたことはなかつた。これは彼の机よりも彼の家の象徴だつた。いや、彼の家の生活の象徴だつた。信輔はこの貧困を憎んだ。いや、今もなお当時の憎悪は彼の心の奥底に消し難い反

響を残している。彼は本を買われなかった。夏期学校へも行かれなかった。新らしい外套も着られなかった。が、彼の友だちはいずれもそれ等を受用していた。彼は彼等を羨んだ。時には彼等の才能を妬みさえした。しかしその嫉妬や羨望を自認することは肯じなかった。それは彼等の才能を軽蔑している為だった。けれども貧困に対する憎悪は少しもその為に変らなかった。彼は古畳を、薄暗いランプを、蔦の画の剝げかかった唐紙を、――あらゆる家庭の見すぼらしさを憎んだ。が、それはまだ好かった。只見すぼらしさの為に彼を生んだ両親を憎んだ。殊に彼よりも背の低い、頭の禿げた父を憎んだ。父は度たび学校の保証人会議に出席した。信輔は彼の友だちの前にこう言う父を見ることを恥じた。同時にまた肉身の父を恥じる彼自身の心の卑しさを恥じた。国木田独歩を模倣した彼の「自ら欺かざるの記」はその黄ばんだ罫紙の一枚にこう言う一節を残している。――

「予は父母を愛する能はず。否、愛する能はざるに非ず。父母その人は愛すれども、父母の外見を愛する能はず。貌を以て人を取るは君子の恥づる所也。況や父母の貌を云々するをや。然れども予は如何にするも父母の外見を愛する能はず。……」

けれどもこう言う見すぼらしさよりも更に彼の憎んだのは貧困に発した偽りだった。母は「風月*」の菓子折につめたカステラを親戚に進物にした。が、その中味は「風

月」どころか、近所の菓子屋のカステラだった。父も、——如何に父は真事しやかに「勤倹尚武」を教えたであろう。父の教えた所によれば、古い一冊の玉篇の外に漢和辞典を買うことさえ、やはり父母に劣らぬ「奢侈文弱」だった！　のみならず信輔自身も亦嘘に嘘を重ねることは必ずしも彼の餓えていた本や雑誌を買う為だった。それは一月五十銭の小遣いを一銭でも余計に貰った上、何よりも彼の餓えていた本や雑誌を買う為だった。彼はつり銭を落したことにしたり、ノオト・ブックを買うことにしたり、学友会の会費を出すことにしたり、——あらゆる都合の好い口実のもとに父母の金銭を盗もうとした。それでもまだ金の足りない時には巧みに両親の歓心を買い、翌月の小遣いを捲き上げようとした。勿論彼には彼自身の嘘も両親の嘘のように不快だった。しかし彼は嘘をついた。大胆に狡猾に嘘をついた。が、同時に又病的な愉快を、——何か神を殺すのに似た愉快を与えたのにも違いなかった。彼は確かにこの点だけは不良少年に接近していた。彼の「自ら欺かざるの記」はその最後の一枚にこう言う数行を残している。——

「独歩は恋を恋すと言へり。予は憎悪を憎悪せんとす。……あらゆる憎悪を憎悪せんとす。……」

これは信輔の衷情だった。彼はいつか貧困に対する憎悪そのものをも憎んでいた。こう言う二重に輪を描いた憎悪は二十年前の彼を苦しめつづけた。尤も多少の幸福は彼にも全然ない訣ではなかった。彼は試験の度ごとに三番か四番の成績を占めた。又或下級の美少年は求めずとも信輔には曇天を洩れる日の光だった。憎悪はどう言う感情よりも彼の心を圧していた。しかしそれ等も信輔の心へ消し難い痕跡を残していた。彼は貧困を脱した後も、貧困を憎まずにはいられなかった。同時に又貧困と同じように豪奢をも憎まずにはいられなかった。豪奢をも、——この豪奢に対する憎悪は中流下層階級の貧困の与える烙印だった。彼は今日も彼自身の中にこの憎悪を感じている。或は中流下層階級の貧困だけの与える烙印ではならぬ Petty Bourgeois の道徳的恐怖を。……

丁度大学を卒業した秋、信輔は法科に在学中の或友だちを訪問した。彼等は壁も唐紙も古びた八畳の座敷に話していた。その後へ顔を出したのは六十前後の老人だった。信輔はこの老人の顔に退職官吏を直覚した。——アルコオル中毒の老人の顔に、——

「僕の父」

彼の友だちは簡単にこうその老人を紹介した。老人は寧ろ傲然と信輔の挨拶を聞き流した。それから奥へはいる前に、「どうぞ御ゆっくり。あすこに椅子もありますか

ら」と言った。成程二脚の肘かけ椅子は黒ずんだ橡側に並んでいた。が、それ等は腰の高い、赤いクッションの色の褪めた半世紀前の古椅子だった。信輔はこの二脚の椅子に全中流下層階級を感じた。同時に又彼の友だちも彼のように父を恥じているのを感じた。こう言う小事件も彼の記憶に苦しいほどはっきりと残っている。思想は今後も彼の心に雑多の陰影を与えるかも知れない。しかし彼は何よりも先に退職官吏の息子だった。下層階級の貧困よりもより虚偽に甘んじなければならぬ中流下層階級の貧困の生んだ人間だった。

　　　四　学　校

　学校も亦信輔には薄暗い記憶ばかり残している。彼は大学に在学中、ノオトもとらずに出席した二三の講義を除きさえすれば、どう言う学校の授業にも興味を感じたことは一度もなかった。が、中学から高等学校、高等学校から大学と幾つかの学校を通り抜けることは僅かに貧困を脱出するたった一つの救命袋だった。尤も信輔は中学時代にはこう言う事実は僅かに認めなかった。少くともはっきりとは認めなかった。しかし中学を卒業する頃から、貧困の脅威は曇天のように信輔の心を圧しはじめた。彼は大学

や高等学校にいる時、何度も廃学を計画した。けれどもこの貧困の脅威はその度に薄暗い将来を示し、無造作に実行を不可能にした。彼は勿論学校を憎んだ。殊に拘束の多い中学を憎んだ。如何に門衛の喇叭の音は刻薄な響を伝えたであろう。如何に又グラウンドのポプラァは憂鬱な色に茂っていたであろう。信輔は其処に西洋歴史のデェトを、——実験もせぬ化学の方程式を、——あらゆる無用の小智識を学んだ。それは多少の努力さえすれば、必ずしも苦しい仕事ではなかった。が、無用の小智識と言う事実をも忘れるのは困難だった。ドストエフスキイは「死人の家」の中にたとえば第一のバケツの水をまず第二のバケツへ移し、更に又第二のバケツの水を第一のバケツへ移すと言うように、無用の労役を強いられた囚徒の自殺することを語っている。信輔は鼠色の校舎の中に、——丈の高いポプラァの戦ぎの中にこう言う囚徒の経験する精神的苦痛を経験した。のみならず——

のみならず彼の教師と言うものを最も憎んだのも中学だった。教師は皆個人としては悪人ではなかったに違いなかった。しかし「教育上の責任」は——殊に生徒を処罰する権利はおのずから彼等を暴君にした。彼等は彼等の偏見を生徒の心へ種痘する為には如何なる手段をも選ばなかった。現に彼等の或ものは、——達磨と言う諢名のある英語の教師は「生意気である」と言う為に度たび信輔に体刑を課した。が、その

「生意気である」所以は畢竟信輔の独歩や花袋を読んでいることに外ならなかった。又彼等の或ものは——それは左の眼に義眼をした国語漢文の教師だった。この教師は彼の武芸や競技に興味のないことを喜ばなかった。その為に何度も信輔を「お前は女か？」と嘲笑した。信輔は或時赫っとした拍子に、「先生は男ですか？」と反問した。その外もう紙の黄ばんだ「自教師は勿論彼の不遜に厳罰を課せずには措かなかった。ら欺かざるの記」を読み返して見れば、彼の屈辱を蒙ったことは枚挙し難い位だった。自尊心の強い信輔は意地にも彼自身を守る為に、いつもこう言う屈辱を反撥しなければならなかった。彼はその自彊術の道具を当然「自ら欺かざるの記」に求めた。——さもなければあらゆる不良少年のように彼自身を軽んずるのに了るだけだった。

　予の蒙れる悪名は多けれども、分つて三と為すことを得べし。
　その一は文弱也。文弱とは肉体の力よりも精神の力を重んずるを言ふ。
　その二は軽佻浮薄也。軽佻浮薄とは功利の外に美なるものを愛するを言ふ。
　その三は傲慢也。傲慢とは妄に他の前に自己の所信を屈せざるを言ふ。

　しかし教師も悉く彼を迫害した訣ではなかった。彼等の或ものは家族を加えた茶話会に彼を招待した。又彼等の或ものは彼に英語の小説などを貸した。彼は四学年を卒業した時、こう言う借りものの小説の中に「猟人日記」の英訳を見つけ、歓喜して読

んだことを覚えている。が、「教育上の責任」は常に彼等と人間同士の親しみを交える妨害をした。それは彼等の好意を得ることにも何か彼等の権力に媚びる卑しさの潜んでいる為だった。さもなければ彼等の同性愛に媚びる醜さの潜んでいる為だった。彼は彼等の前へ出ると、どうしても自由に振舞われなかった。のみならず時には不自然に巻煙草の箱へ手を出したり、立ち見をした芝居を吹聴したりした。彼等は勿論この無作法を不遜の為と解釈した。解釈するのも尤もだった。彼は元来人好きのする生徒ではないのに違いなかった。彼の筐底の古写真は体と不吊合に頭の大きい、徒らに目ばかり赫かせた、病弱らしい少年を映している。しかもこの顔色の悪い少年は絶えず毒を持った質問を投げつけ、人の好い教師を悩ませることを無上の愉快としているのだった！

信輔は試験のある度に学業はいつも高点だった。が、所謂操行点だけは一度も六点を上らなかった。彼は6と言うアラビア数字に教員室中の冷笑を感じた。実際又教師の操行点を楯に彼を嘲っているのは事実だった。彼の成績はこの六点の為にいつも三番を越えなかった。彼はこう言う復讐を憎んだ。こう言う復讐をする教師を憎んだ。中学は彼には悪夢だった。今も、——いや、今はいつのまにか当時の憎悪を忘れている。けれども悪夢だったことは必ずしも不幸とは限らなかった。彼はその為に少くとも

孤独に堪える性情を生じた。さもなければ彼の半生の歩みは今日よりももっと苦しかったであろう。彼は彼の夢みていたように何冊かの本の著者になった。しかし彼に与えられたものは畢竟落寞とした孤独だった。この孤独に安んじた今日、——或はこの孤独に安んずるより外に仕かたのないことを知った今日、二十年の昔をふり返って見れば、彼を苦しめた中学の校舎は寧ろ美しい薔薇色をした薄明りの中に横わっている。尤もグラウンドのポプラアだけは不相変鬱々と茂った梢に寂しい風の音を宿しながら。
……

　　五　本

　本に対する信輔の情熱は小学時代から始まっていた。この情熱を彼に教えたものは父の本箱の底にあった帝国文庫本の水滸伝だった。　頭ばかり大きい小学生は薄暗いランプの光のもとに何度も「水滸伝」を読み返した。のみならず本を開かぬ時にも替天行道の旗や景陽岡の大虎や菜園子張青の梁に吊った人間の腿を想像した。想像？——しかしその想像は現実よりも一層現実的だった。彼は又何度も木剣を提げ、干し菜をぶら下げた裏庭に「水滸伝」中の人物と、——一丈青扈三娘や花和尚

魯智深と格闘した。この情熱は三十年間、絶えず彼を支配しつづけた。彼は度たび本を前に夜を徹したことを覚えている。いや、几上、車上、厠上、——時には路上にも熱心に本を読んだことを覚えている。木剣は勿論「水滸伝」以来二度と彼の手に取られなかった。が、彼は本の上に何度も笑ったり泣いたりした。それは言わば転身だった。本の中の人物に変ることだった。彼は天竺の仏のように無数の過去生を通り抜けた。イヴァン・カラマゾフを、ハムレットを、公爵アンドレエを、ドン・ジュアンを、メフィストフェレスを、ライネッケ狐を、——しかもそれ等の或るものは一時の転身に限らなかった。現に或晩秋の午後、彼は小遣を貰ふ為に年とった叔父を訪問した。叔父は長州萩の人だった。彼はことさらに叔父の前に滔々と維新の大業を論じ、村田清風から下は山県有朋に至る長州の人材を讃嘆した。が、この虚偽の感激に充ちた、顔色の蒼白い高等学校の生徒は当時の大導寺信輔よりも寧ろ若いジュリアン・ソレル——「赤と黒」の主人公だった。
　こう言う信輔は当然又あらゆるものを本の中に学んだ。少くとも本に負う所の全然ないものは一つもなかった。実際彼は人生を知る為に街頭の行人を眺めなかった。寧ろ行人を眺める為に本の中の人生を知ろうとした。それは或は人生を知るには迂遠の策だったのかも知れなかった。が、街頭の行人は彼には只行人だった。彼は彼等を知

る為には、――彼等の愛を、彼等の憎悪を、彼等の虚栄心を知る為には本を読むより外はなかった。本を、――殊に世紀末の欧羅巴の産んだ小説や戯曲を。彼はその冷たい光の中にやっと彼の前に展開する人間喜劇を発見した。いや、或は善悪を分たぬ彼自身の魂をも発見した。それは人生には限らなかった。彼は本所の町々に自然の美しさを発見した。しかし彼の自然を見る目に多少の鋭さを加えたのはやはり何冊かの愛読書、――就中元禄の俳諧だった。彼はそれ等を読んだ為に「都に近き山の形」を、「鬱金畠の秋の風」を、「沖の時雨の真帆片帆」を、「闇のかた行く五位の声」を、――本所の町々の教えなかった自然の美しさをも発見した。この「本から現実」へは常に信輔には真理だった。彼は彼の半生の間に何人かの女に恋愛を感じた。けれども彼等は誰一人女の美しさを教えなかった。少くとも本に学んだ以外の女の美しさを教えなかった。彼は日の光を透かした耳や頬に落ちた睫毛の影をゴオティエやバルザックやトルストイに学んだ。女は今も信輔にはその為に美しさを伝えている。若しそれ等に学ばなかったとすれば、彼は或は女の代りに牝ばかり発見していたかも知れない。

……

尤も貧しい信輔は到底彼の読むだけの本を自由に買うことは出来なかった。彼のこう言う困難をどうにかこうにか脱したのは第一に図書館のおかげだった。第二に貸本

屋のおかげだった。

第三に吝嗇の譏りさえ招いた彼の節倹のおかげだった。彼ははっきりと覚えている。——大溝に面した貸本屋を、人の好い貸本屋の婆さんの内職にする花簪の無邪気を信じていた。婆さんはやっと小学校へ入った「坊ちゃん」の無邪気を信じていたが、その「坊ちゃん」はいつの間にか本を探がす風を装いながら、偸み読みをすることを発明していた。彼は又はっきりと覚えている。——古本屋ばかりごみごみ並んだ二十年前の神保町通りを、その古本屋の屋根の上に日の光を受けた九段坂の斜面を。彼は——十二歳の小学生は弁当やノオト・ブックを小脇にしたまま、大橋図書館から帝国図書館へ通う為に何度もこの通りを往復した。道のりは往復一里半だった。——大橋図書館から帝国図書館*へ通う為に何度もこの通りを往復した。彼は帝国図書館の与えた第一の感銘をも覚えている。——高い天井に対する恐怖、大きい窓に対する恐怖を、無数の椅子を埋め尽した無数の人々に対する恐怖を。が、恐怖は幸いにも二三度通ううちに消滅した。彼は忽ち大学の閲覧室に、鉄の階段に、カタログの箱に、地下食堂に親しみ出した。それから大学の図書館や高等学校の図書館へ。彼はそれ等の図書館に何百冊とも知れぬ本を借りた。又それ等の本の中に何十冊とも知れぬ本を愛した。——しかし。——しかし——

しかし彼の愛したのは——殆ど内容の如何を問わずに本そのものを愛したのはやは

り彼の買った本だった。信輔は本を買う為めにカフエへも足を入れなかった。が、彼の小遣いは勿論常に不足だった。彼はその為めに一週に三度、親戚の中学生に数学(!)を教えた。それでもまだ金の足りぬ時はやむを得ず本を売りに行った。のみならず永年売り価は新らしい本でも買い価の半ば以上になったことはなかった。彼は或薄雪の夜、神保町通りの古本屋を一軒々々覗いて行った。その内に或古本屋に「ツァラトストラ」を一冊発見した。それも只の「ツァラトストラ」ではなかった。彼は店先に佇んだまま、二月ほど前に彼の売った手垢だらけの「ツァラトストラ」を所どころ読み返した。すると読み返せば読み返すほど、だんだん懐しさを感じだした。

「これはいくらですか?」

十分ばかり立った後、彼は古本屋の女主人にもう「ツァラトストラ」を示していた。

「一円六十銭、——御愛嬌に一円五十銭にして置きましょう」

信輔はたった七十銭にこの本を売ったことを思い出した。が、やっと売り価の二倍、——一円四十銭に値切った末、とうとうもう一度買うことにした。雪の夜の往来ははるばる本郷へ帰る途中、家々も電車も何か微妙に静かだった。彼はこう言う往来を

絶えず彼の懐ろの中に鋼鉄色の表紙をした「ツァラトストラ」を感じていた。しかし又同時に口の中には何度も彼自身を嘲笑していた。……

　　六　友　だ　ち

　信輔は才能の多少を問わずに友だちを作ることは出来なかった。たといどう言う君子にもせよ、素行以外に取り柄のない青年は彼には用のない行人だった。いや、寧ろ顔を見る度に揶揄せずにはいられぬ道化者だった。それは操行点六点の彼には当然の態度に違いなかった。彼は中学から高等学校、高等学校から大学と幾つかの学校を通りぬける間に絶えず彼等を嘲笑した。勿論彼等の或ものは彼の嘲笑を憤った。しかし又彼等の或ものは彼の嘲笑を感ずる為にも余りに模範的君子だった。彼は「厭な奴」と呼ばれることには常に多少の愉快を感じた。が、如何なる嘲笑も更に手答えを与えないことには彼自身憤らずにはいられなかった。現にこう言う君子の一人――或高等学校の文科の生徒はリヴィングストンの崇拝者だった。同じ寄宿舎にいた信輔は或時彼に真事しやかにバイロンもまたリヴィングストン伝を読み、泣いてやまなかったと言う出たらめを話した。爾来二十年を閲した今日、このリヴィングストンの崇拝者は

或基督教会の機関雑誌に不相変わらずリヴィングストンを讃美している。のみならず彼の文章はこう言う一行に始まっている。——「悪魔的詩人バイロンさえ、リヴィングストンの伝記を読んで涙を流したと言うことは何を我々に教えるであろうか？」！

信輔は才能の多少を問わずに友だちを作ることは出来なかった。たとい君子ではないにもせよ、智的貪慾を知らない青年はやはり彼には路傍の人だった。彼の友だちに優しい感情を求めなかった。彼の友だちは青年らしい心臓を持たぬ青年でも好かった。いや、所謂親友は寧ろ彼には恐怖だった。その代りに彼の友だちは頭脳を持たなければならなかった。頭脳を、——がっしりと出来上った頭脳を。彼はどう言う美少年よりもこう言う頭脳の持ち主を愛した。同時に又どう言う君子よりもこう言う頭脳の持ち主を憎んだ。実際彼の友情はいつも幾分か愛の中に憎悪を孕んだ情熱だった。少くともこの情熱以外に信輔は今日もこの情熱以外に友情のないことを信じている。況んや当時の友だちは一面には相容れぬ死敵だった。彼は彼の頭脳を武器に、絶えず彼等と格闘した。——戦場は殆ど到る所にあった。彼はそれ等の戦場に彼の友だちを打ち倒したり、彼の友だちに打ち倒されたりした。この精神的格闘は何よりも殺戮の歓喜の為に行われたものに違いなかった。しかしおのずからその

Herr und Knecht* の臭味を帯びない友情のないことを信じている。少くともこの情熱以外にホイットマン、自由詩、創造的進化*、——戦場は殆ど到る所にあった。

間に新しい観念や新しい美の姿を現したことも事実だった。如何に午前三時の蠟燭の炎は彼等の論戦を照らしていたか、如何に又武者小路実篤*の作品は彼等の論戦を支配していたか、——信輔は鮮かに九月の或夜、何匹も蠟燭へ集って来た、大きい灯取虫を覚えている。——灯取虫は深い闇の中から突然きらびやかに生まれて来た。が、炎に触れるが早いか、嘘のようにぱたぱたと死んで行った。これは何も今更のように珍しがる価のないことかも知れない。しかし信輔は今日もなおこの小事件を思い出す度に、——この不思議に美しい灯取虫の生死を思い出す度に、なぜか彼の心の底に多少の寂しさを感ずるのである。……

　信輔は才能の多少を問わずに友だちを作ることは出来なかった。標準は只それだけだった。しかしやはりこの標準にも全然例外のない訣ではなかった。それは彼の友だちとの間を截断する社会的階級の差別だった。信輔は彼と育ちの似寄った中流階級の青年には何のこだわりも感じなかった。が、纔かに彼の知った上流階級の青年には、——時には中流上層階級の青年にも妙に他人らしい憎悪を感じた。彼等の或ものは怠惰だった。彼等の或ものは臆病だった。又彼等の或ものは官能主義の奴隷だった。彼等の或ものはけれども必しもそれ等の為ばかりではなかった。尤も彼等の或ものも彼等自身意識せずにこの彼の憎んだのは必しもそれ等の為ばかりではなかった。尤も彼等の或ものも彼等自身意識せずにこの

「何か」を憎んでいた。その為に又下流階級に、——彼等の社会的対蹠点に病的な惆悵を感じていた。彼は彼等に同情した。しかし彼の同情も畢竟役には立たなかった。
　この「何か」は握手する前にいつも針のように彼の手を刺した、或風の寒い四月の午後、高等学校の生徒だった彼は彼等の一人、——或男爵の長男と江の島の崖の上に佇んでいた。目の下はすぐに荒磯だった。彼等は「潜り」の少年たちの為に何枚かの銅貨を投げてやった。少年たちは銅貨の落ちる度にぽんぽん海の中へ跳りこんだ。しかし一人海女だけは崖の下に焚いた芥火*の前に笑って眺めているばかりだった。
「今度はあいつも飛びこませてやる」
　彼の友だちは一枚の銅貨を巻煙草の箱の銀紙に包んだ。それから体を反らせたと思うと、精一ぱい銅貨を投げ飛ばした。銅貨はきらきら光りながら、風の高い浪の向うへ落ちた。するともう海女はその時にはまっ先に海へ飛びこんでいた。信輔は未だにありありと口もとに残酷な微笑を浮べた彼の友だちを覚えている。彼の友だちは人並み以上に語学の才能を具えていた。しかし又確かに人並み以上に鋭い犬歯をも具えていた。
　……

　附記　この小説はもうこの三四倍続けるつもりである。今度掲げるだけに「大導寺信

輔の半生」と言う題は相当しないのに違いないが、他に替る題もない為にやむを得ず用いることにした。「大導寺信輔の半生」の第一篇と思って頂けば幸甚である。大正十三年十二月九日、作者記。

玄鶴山房

一

　……それは小ぢんまりと出来上った、奥床しい門構えの家だった。尤もこの界隈にはこう云う家も珍しくはなかった。が、「玄鶴山房」の額や塀越しに見える庭木などはどの家よりも数奇を凝らしていた。
　この家の主人、堀越玄鶴は画家としても多少は知られていた。或はゴム印の特許を受けてから地所の売買をしたのはゴム印の特許を受けた為だった。現に彼が持っていた郊外の或地面などは生姜さえ碌に出来ないらしかった為だった。けれども今はもう赤瓦の家や青瓦の家の立ち並んだ所謂「文化村」に変っていた。
　……
　しかし「玄鶴山房」は兎に角小ぢんまりと出来上った、奥床しい門構えの家だった。殊に近頃は見越しの松に雪よけの縄がかかったり、玄関の前に敷いた枯れ松葉に藪柑子の実が赤らんだり、一層風流に見えるのだった。のみならずこの家のある横町も殆ど人通りと云うものはなかった。豆腐屋さえそこを通る時には荷を大通りへおろした

なり、喇叭を吹いて通るだけだった。
「玄鶴山房——玄鶴と云うのは何だろう？」
たまたまこの家の前を通りかかった、髪の毛の長い画学生は細長い絵の具箱を小脇にしたまま、同じ金鈕の制服を着たもう一人の画学生にこう言ったりした。
「何だかな、まさか厳格と云う洒落でもあるまい」
彼等は二人とも笑いながら、気軽にこの家の前を通って行った「ゴルデン・バット」の吸い殻が一本、切った道に彼等のどちらかが捨てて行った、そのあとには唯凍かすかに青い一すじの煙を細ぼそと立てているばかりだった。……

二

　重吉は玄鶴の婿になる前から或銀行へ勤めていた。従って家に帰って来るのはいつも電燈のともる頃だった。彼はこの数日以来、門の内へはいるが早いか、忽ち妙な臭気を感じた。それは老人には珍しい肺結核の床に就いている玄鶴の息の匂だった。が、勿論家の外にはそんな匂の出る筈はなかった。冬の外套の腋の下に折鞄を抱えた重吉は玄関前の踏み石を歩きながら、こういう彼の神経を怪まない訣には行かなかった。

玄鶴は「離れ」に床をとり、横になっていない時には夜着の山によりかかっていた。重吉は外套や帽子をとると、必ずこの「離れ」へ顔を出し、「唯今」とか「きょうは如何ですか」とか言葉をかけるのを常としていた。しかし「離れ」の閾の内へは滅多に足を入れたことはなかった。それは舅の肺結核に感染するのを怖れる為でもあり、又一つには息の匂を不快に思う為でもあった。玄鶴は彼の顔を見る度にいつも唯「ああ」とか「お帰り」とか答えた。その声は又力の無い、声よりも息に近いものだった。重吉は舅にこう言われると、時々彼の不人情に後ろめたい思いもしない訣ではなかった。けれども「離れ」へはいることはどうも彼には無気味だった。

それから重吉は茶の間の隣りにやはり床に就いている姑のお鳥を見舞うのだった。お鳥は玄鶴の寝こまない前から、——七八年前から腰抜けになり、便所へも通えない体になっていた。玄鶴が彼女を貰ったのは彼女が或大藩の家老の娘と云う外にも器量望みからだと云うことだった。彼女はそれだけに年をとっても、どこか目などは美しかった。しかしこれも床の上に坐り、丹念に白足袋などを繕っているのは余りミイラと変らなかった。重吉はやはり彼女にも「お母さん、きょうはどうですか？」と云う、手短な一語を残したまま、六畳の茶の間へはいるのだった。

妻のお鈴は茶の間にいなければ、信州生まれの女中のお松と狭い台所に働いていた。

小綺麗に片づいた茶の間は勿論、文化竈を据えた台所さえ舅や姑の居間よりも遥かに重吉には親しかった。彼は一時は知事などにもなった或政治家の次男だった。が、豪傑肌の父親よりも昔の女流歌人に近い秀才だった母親に近い秀才だった。それは又彼の人懐こい目や細ぞりした頤にも明らかだった。重吉はこの茶の間へはいると、洋服を和服に着換えた上、楽々と長火鉢の前に坐り、安い葉巻を吹かしたり、今年やっと小学校にはいった一人息子の武夫をからかったりした。

重吉はいつもお鈴や武夫とチャブ台を囲んで食事をした。彼等の食事は賑かだった。が、近頃は「賑か」と云っても、どこか又窮屈にも違いなかった。尤も武夫は「甲野さん」と云う看護婦の来ている為だった。ざけるのに少しも変らなかった。いや、或は「甲野さん」がいる為に余計ふざける位だった。お鈴は時々眉をひそめ、こう云う武夫を睨んだりした。しかし武夫はきょとんとしたまま、わざと大仰に茶碗の飯を掻きこんで見せたりするだけだった。重吉は小説などを読んでいるだけに武夫のはしゃぐのにも「男」を感じ、不快になることもないではなかった。が、大抵は微笑したぎり、黙って飯を食っているのだった。

「玄鶴山房」の夜は静かだった。朝早く家を出る武夫は勿論、重吉夫婦も大抵は十時には床に就くことにしていた。その後でもまだ起きているのは九時前後から夜伽をす

る看護婦の甲野ばかりだった。甲野は玄鶴の枕もとに赤あかと火の起った火鉢を抱え、居睡りもせずに坐っていた。玄鶴は、——玄鶴も時々は目を醒ましていた。湯たんぽが冷えたとか、湿布が乾いたとか云う以外に殆ど口を利いたことはなかった。こう云う「離れ」にも聞えて来るものは植え込みの竹の戦ぎだけだった。甲野は薄ら寒い静かさの中にじっと玄鶴を見守ったまま、いろいろのことを考えていた。この一家の人々の心もちや彼女自身の行く末などを。……

　　　三

　或雪の晴れ上った午後、二十四五の女が一人、か細い男の子の手を引いたまま、引き窓越しに青空の見える堀越家の台所へ顔を出した。重吉は勿論家にいなかった。丁度ミシンをかけていたお鈴は多少予期はしていたものの、ちょっと当惑に近いものを感じた。しかし兎に角この客を迎えに長火鉢の前を立って行った。客は台所へ上った後、彼女自身の履き物や男の子の靴を揃え直した。（男の子は白いスウェタアを着ていた）彼女がひけ目を感じていることはこう云う所作だけにも明らかだった。が、それも無理はなかった。彼女はこの五六年以来、東京の或近在に玄鶴が公然と囲って

置いた女中上りのお芳だった。

お鈴はお芳の顔を見た時、存外彼女が老けたことを感じた。お芳は四五年以前には円まると肥った手をしていた。しかもそれは顔ばかりではなかった。お芳は四五年以前には円まると肥った手さえ静脈の見えるほど細らせていた。それから彼女が身につけたものも、――お鈴は彼女の安ものの指環に何か世帯じみた寂しさを感じた。

「これは兄が檀那様に差し上げてくれと申しましたから」

お芳は愈気後れのしたように古い新聞紙の包みを一つ、茶の間へ膝を入れる前にそっと台所の隅へ出した。折から洗いものをしていたお松はせっせと手を動かしながら、水々しい銀杏返しに結ったお芳を時々尻目に窺ったりしていた。が、この新聞紙の包みを見ると、更に悪意のある表情をした。それは又実際文化竈や華奢な皿小鉢と調和しない悪臭を放っているのに違いなかった。お芳はお松を見なかったものの、少くともお鈴の顔色に妙なけはいを感じたと見え、「さあ、坊ちゃん、お時宜なさい」と声をかけた。それから指を嚙んでいた子供に「これは、あの、大蒜でございます」と説明した。男の子は勿論玄鶴がお芳に生ませた文太郎だった。その子供をお芳が「坊ちゃん」と呼ぶのはお鈴には如何にも気の毒だった。けれども彼女の常識はすぐにそれもこう云う女には仕かたがないことと思い返した。お鈴はさりげない顔をしたまま、そ

茶の間の隅に坐った親子に有り合せの菓子や茶などをすすめ、玄鶴の容態を話したり、文太郎の機嫌をとったりし出した。

玄鶴はお芳を囲い出した後、省線電車の乗り換えも苦にせず、一週間に一二度ずつは必ず妾宅へ通って行った。お鈴はこう云う父の気もちに始めのうちは嫌悪を感じていた。「ちっとはお母さんの手前も考えれば善いのに」――そんなことも度たび考えたりした。尤もお鳥は何ごとも諦め切っているらしかった。しかしお鈴はそれだけ一層母を気の毒に思い、父が妾宅へ出かけた後でも母には「きょうは詩の会ですって」などと白々しい諢をついたりしていた。その諢が役に立たないことは彼女自身も知らないのではなかった。が、時々母の顔に冷笑に近い表情を見ると、諢をついたことを後悔する、――と云うよりも寧ろ彼女の心も汲み分けてくれない腰ぬけの母に何か情無さを感じ勝ちだった。

お鈴は父を送り出した後、一家のことを考える為にミシンの手をやめるのも度たびだった。玄鶴はお芳を囲い出さない前にも彼女には「立派なお父さん」ではなかった。しかし勿論そんなことは気の優しい彼女にはどちらでも善かった。お鈴はお芳が女中だった時から、彼女を悪人と思ったことはなかった。いや、寧ろ人並みよりも内気な女

と思っていた。が、東京の或場末に肴屋をしているお芳の兄は何をたくらんでいるかわからなかった。実際又彼は彼女の目には妙に悪賢い男らしかった。お鈴は時々重吉をつかまえ、彼女の心配を打ち明けたりした。けれども彼は取り合わなかった。「僕からお父さんに言う訣には行かない」――お鈴は彼にこう言われて見ると、黙ってしまうより外はなかった。

「まさかお父さんも羅両峯*の画がお芳にわかるとも思っていないんでしょうが」
重吉も時たまお鳥にはそれとなしにこんなことも話したりしていた。が、お鳥は重吉を見上げ、いつも唯苦笑してこう言うのだった。
「あれがお父さんの性分なのさ。何しろお父さんはあたしにさえ『この硯はどうだ？』などと言う人なんだからね」

しかしそんなことも今になって見れば、誰にも莫迦々々しい心配だった。玄鶴は今年の冬以来、どっと病の重った為に妾宅通いも出来なくなると、重吉が持ち出した手切れ話に（尤もその話の条件などは事実上彼よりもお鳥やお鈴が拵えたと言うのに近いものだった）存外素直に承諾した。それは又お鈴が恐れていたお芳の兄も同じことだった。お芳は千円の手切れ金を貰い、上総の或海岸にある両親の家へ帰った上、月々文太郎の養育料として若干の金を送って貰う、――彼はこう云う条件に少しも異

存を唱えなかった。のみならず妾宅に置いてあった玄鶴の秘蔵の煎茶道具なども催促されぬうちに運んで来た。お鈴は前に疑っていただけに一層彼に好意を感じた。

「就きましては妹のやつが若しお手でも足りませんようなら、御看病に上りたいと申しておりますんですが」

お鈴はこの頼みに応じる前に腰ぬけの母に相談した。それは彼女の失策と云っても差し支えないものに違いなかった。お鳥は彼女の相談を受けると、あしたにもお芳に文太郎をつれて来て貰うように勧め出した。お鈴は母の気もちの外にも一家の空気の擾されるのを惧れ、何度も母に考え直させようとした。(その癖又一面には父の玄鶴とお芳の兄との中間に立っている関係上、いつか素気なく先方の頼みを断れない気もちにも落ちこんでいた)が、お鳥は彼女の言葉をどうしても素直には取り上げなかった。

「これがまだあたしの耳へはいらない前ならば格別だけれども——お芳の手前も羞しいやね」

お鈴はやむを得ずお芳の兄にお芳の来ることを承諾した。それも亦或は世間を知らない彼女の失策だったかも知れなかった。現に重吉は銀行から帰り、お鈴にこの話を聞いた時、女のように優しい眉の間にちょっと不快らしい表情を示した。「そりゃ人

手が殖えることは難有いにも違いないがね。……お父さんにも一応話して見れば善いのに。お父さんから断るのならばお前にも責任のない訣なんだから」——そんなことも口に出して言ったりした。お父さんに相談することは彼女には今になって見ても出来ない相談に違いなかった。死の父に相談することは、——お芳に勿論未練のある瀬などと返事をしていた。しかし玄鶴はいつになくこう云う曲折を思い出したりした。お芳は彼女の言葉は四五年前のように「それは」を s-r-ya と発音する田舎訛りを改めなかった。お鈴はお芳親子を相手にしながら、途絶え勝ちに彼女の兄のことや文太郎のことを話していた。長火鉢に手もかざさず、

　お鈴はこの田舎訛りにいつか彼女の心もちも或気安さを持ち出したのを感じた。同時に又襖一重向うに咳一つしずにいる母のお鳥に何か漠然とした不安も感じた。

「じゃ一週間位はいてくれられるの?」

「はい、こちら様さえお差支えございませんければ」

「でも着換え位なくっちゃいけないの?」

「それは兄が夜分にでも届けると申しておりましたから」

　お芳はこう答えながら、退屈らしい文太郎に懐のキャラメルを出してやったりした。

「じゃお父さんにそう言って来ましょう。お父さんもすっかり弱ってしまってね。障

子の方へ向っている耳だけ霜焼けが出来たりしているのよ」
お鈴は長火鉢の前を離れる前に何となしに鉄瓶をかけ直した。
「お母さん」
お鳥は何か返事をした。それはやっと彼女の声に目を醒ましたらしい粘り声だった。
「お母さん。お芳さんが見えましたよ」
お鈴はほっとした気もちになり、お芳の顔を見ないように早速長火鉢の前を立ち上った。それから次の間を通りしなにもう一度「お芳さんが」と声をかけた。お鳥は横になったまま、夜着の襟に口もとを埋めていた。が、彼女を見上げると、目だけに微笑に近いものを浮かべ、「おや、まあ、よく早く」と返事をした。お鈴ははっきりと彼女の背中にお芳の来ることを感じながら、雪のある庭に向った廊下をそわそわ「離れ」へ急いで行った。

「離れ」は明るい廊下から突然はいって来たお鈴の目には実際以上に薄暗かった。玄鶴は丁度起き直ったまま、甲野に新聞を読ませていた。が、お鈴の顔を見ると、いきなり「お芳か？」と声をかけた。それは妙に切迫した、詰問に近い嗄れ声だった。お鈴は襖側に佇んだなり、反射的に「ええ」と返事をした。それから、——誰も口を利かなかった。

「すぐにここへよこしますから」
「うん。……お芳一人かい？」
「いいえ。……」

玄鶴は黙って頷いていた。
「じゃ甲野さん、ちょっとこちらへ」

お鈴は甲野よりも一足先に小走りに廊下を急いで行った。丁度雪の残った棕櫚の葉の上には鶺鴒が一羽尾を振っていた。しかし彼女はそんなことよりも病人臭い「離れ」の中から何か気味の悪いものがついて来るように感じてならなかった。

　　　　四

　お芳が泊りこむようになってから、一家の空気は目に見えて険悪になるばかりだった。それはまず武夫が文太郎をいじめることから始まっていた。文太郎は父の玄鶴よりも母のお芳に似た子供だった。しかも気の弱い所まで母のお芳に似た子供だった。お鈴も勿論こう云う子供に同情しない訣ではないらしかった。が時々は文太郎を意気地なしと思うこともあるらしかった。

看護婦の甲野は職業がら、冷やかにこのありふれた家庭的悲劇を眺めていた、——と云うよりも寧ろ享楽していた。彼女の過去は暗いものだった。この病院の医者だとの関係上、何度一塊の青酸加里を嚥もうとしたことだか知れなかった。この過去はいつか彼女の心に他人の苦痛を享楽する病的な興味を植えつけていた。彼女は堀越家へはいって来た時、腰ぬけのお鳥が便をする度に手を洗わないのを発見した。「この家のお嫁さんは気が利いている。あたしたちにも気づかないように水を持って行ってやるようだから」——そんなことも一時は疑深い彼女の心に影を落した。が、四五日いるうちにそれは全然お嬢様育ちのお鈴の手落ちだったのを発見し、お鳥の便をする度に洗面器の水を運んでやった。

「甲野さん、あなたのおかげさまで人間並みに手が洗えます」
お鳥は手を合せて涙をこぼした。甲野はお鳥の喜びには少しも心を動かさなかった。しかしそれ以来三度に一度は水を持って行かなければならぬお鈴を見ることは愉快だった。従ってこう云う彼女には子供たちの喧嘩も不快ではなかった。彼女は玄鶴にはお芳親子に同情のあるらしい素振りを示した。それはたとい徐ろにもせよ、確実に効果を与えるものだっ

お芳が泊ってから一週間ほどの後、武夫は又文太郎と喧嘩をした。喧嘩は唯豚の尻尾が柿の蔕に似ているとか似ていないとか云うことから始まっていた。武夫は彼の勉強部屋の四畳半の隅にか細い文太郎を押しつけた上、さんざん打ったり蹴ったりした。そこへ丁度来合せたお芳は泣き声も出ない文太郎を抱き上げ、こう武夫をたしなめにかかった。

「坊ちゃん、弱いものいじめをなすってはいけません」

それは内気な彼女には珍らしい棘のある言葉だった。武夫はお芳の権幕に驚き、今度は彼自身泣きながら、お鈴のいる茶の間へ逃げこもった。するとお鈴もかっとしたと見え、手ミシンの仕事をやりかけたまま、お芳親子のいる所へ無理八理に武夫を引きずって行った。

「お前が一体我儘なんです。さあ、お芳さんにおあやまりなさい、ちゃんと手をついておあやまりなさい」

お芳はこう云うお鈴の前に文太郎と一しょに涙を流し、平あやまりにあやまる外はなかった。その又仲裁役を勤めるものは必ず看護婦の甲野だった。甲野は顔を赤めたお鈴を一生懸命に押し戻しながら、いつももう一人の人間の、——じっとこの騒ぎを

聞いている玄鶴の心もちを想像し、内心には冷笑を浮かべていた。が、勿論そんな素ぶりは決して顔色にも見せたことはなかった。

けれども一家を不安にしたものは必ずしも子供の喧嘩ばかりではなかった。お芳は又いつの間にか何ごともあきらめ切ったらしいお鳥の嫉妬を煽っていた。尤もお鳥はお芳自身には一度も怨みなどを言ったことはなかった。（これは又五六年前、お芳がまだ女中部屋に寝起きしていた頃も同じだった）が、全然関係のない重吉に何かと当り勝ちだった。重吉は勿論とり合わなかった。お鈴はそれを気の毒に思い、時々母の代りに詫びたりした。しかし彼は苦笑したぎり、「お前までヒステリイになっては困る」と話を反らせるのを常としていた。

甲野はお鳥の嫉妬にもやはり興味を感じていた。お鳥の嫉妬それ自身は勿論、彼女が重吉に当る気もちも甲野にははっきりとわかっていた。のみならず彼女はいつの間にか彼女自身も重吉夫婦に嫉妬に近いものを感じていた。お鈴は彼女には「お嬢様」だった。重吉も——重吉は兎に角世間並みに出来上った男に違いなかった。が、彼女の軽蔑する一匹の雄にも違いなかった。こう云う彼等の幸福は彼女には殆ど不正だった。彼女はこの一匹の雄を矯める為に（！）重吉に馴れ馴れしい素振りを示した。それは或は重吉には何とも思わないものかも知れなかった。けれどもお鳥を苛立たせるには絶好

の機会を与えるものだった。お鳥は膝頭も露わにしたまま、「重吉、お前はあたしの娘では——腰ぬけの娘では不足なのかい？」と毒々しい口をきいたりした。

しかしお鈴だけはその為に重吉を疑ったりはしないらしかった。甲野はそこに不満を持ったばかりか、今更のように人の善いお鈴を軽蔑せずにはいられなかった。が、いつか重吉が彼女を避け出したのは愉快だった。のみならず彼女を避けているうちに反って彼女に男らしい好奇心を持ち出したのは愉快だった。彼は前には甲野がいる時でも、台所の側の風呂へはいる為に裸になることをかまわなかった。けれども近頃ではそんな姿を一度も甲野に見せないようになった。それは彼が羽根を抜いた雄鶏に近い彼の体を羞じている為に違いなかった。甲野はこう云う彼を見ながら、〈彼の顔も亦雀斑だらけだった〉一体彼はお鈴以外の誰に惚れられるつもりだろうなどと私かに彼を嘲ったりしていた。

或霜曇りに曇った朝、甲野は彼女の部屋になった玄関の三畳に鏡を据え、いつも彼女が結びつけたオオル・バックに髪を結びかけていた。それは丁度愈お芳が田舎へ帰ろうと言う前日だった。お芳がこの家を去ることは重吉夫婦には嬉しいらしかった。が、反ってお鳥には一層苛立たしさを与えるらしかった。甲野は髪を結びながら、甲高だかいお鳥の声を聞き、いつか彼女の友だちが話した或女のことを思い出した。彼女は

パリに住んでいるうちにだんだん烈しい懐郷病に落ちこみ、夫の友だちが帰朝するのを幸い、一しょに船へ乗りこむことにしかった。しかし彼女は紀州沖へかかると、急になぜか興奮しはじめ、とうとう海へ身を投げてしまった。日本へ近づけば近づくほど、懐郷病も逆に昂ぶって来る、——こう云う神秘な力が働いていることを考えたりしていた。
甲野は静かに油っ手を拭ふき、腰ぬけのお鳥の嫉妬は勿論、彼女自身の嫉妬にもやはりこう云う神秘な力が働いていることを考えたりしていた。
「まあ、お母さん、どうしたんですら。——甲野さん、ちょっと来て下さい」
お鈴の声は「離れ」に近い縁側から響いて来るらしかった。甲野はこの声を聞いた時、澄み渡った鏡に向ったまま、始めてにやりと冷笑を洩もらした。それからさも驚いたように「はい唯今ただいま」と返事をした。

　　　五

　玄鶴はだんだん衰弱して行った。彼の永年の病苦は勿論もちろん、彼の背中から腰へかけて床ずれの痛みも烈はげしかった。彼は時々唸うなり声を挙げ、僅わずかに苦しみを紛らせていた。

しかし彼を悩ませたものは必しも肉体的苦痛ばかりではなかった。彼はお芳の泊っている間は多少の慰めを受けた代りにお鳥の嫉妬や子供たちの喧嘩にしっきりない苦しみを感じていた。けれどもそれはまだ善かった。玄鶴はお芳の去った後は恐しい孤独を感じた上、長い彼の一生と向い合わない訣には行かなかった。

玄鶴の一生はこう云う彼には如何にも浅ましい一生だった。成程ゴム印の特許を受けた当座は比較的彼の一生でも明るい時代には違いなかった。しかしそこにも儕輩の嫉妬や彼の利益を失うまいとする彼自身の焦燥の念は絶えず彼を苦しめていた。ましてお芳を囲い出した後は、――彼は家庭のいざこざの外にも彼等の知らない金の工面にいつも重荷を背負いつづけだった。しかも更に浅ましいことには年の若いお芳に惹かれていたものの、少くともこの一二年は何度内心にお芳親子を死んでしまえと思ったか知れなかった。

「浅ましい？――しかしそれも考えて見れば、格別わしだけに限ったことではない」

彼は夜などはこう考え、彼の親戚や知人のことを一々細かに思い出したりした。彼の婿の父親は唯「憲政を擁護する為に」彼よりも腕の利かない敵を何人も社会的に殺していた。それから彼に一番親しい或年輩の骨董屋は先妻の娘に通じていた。それから或家刻家は、――しかし彼等の犯したら或弁護士は供託金を費消していた。それから或篆刻家は、

罪は不思議にも彼の苦しみには何の変化も与えなかった。のみならず逆に生そのものにも暗い影を拡げるばかりだった。

「何、この苦しみも長いことはない。お目出度くなってしまいさえすれば……」

これは玄鶴にも残っていたたった一つの慰めだった。彼は心身に食いこんで来るいろいろの苦しみを紛らす為に楽しい記憶を思い起そうとした。けれども彼の一生は前にも言ったように浅ましかった。若しそこに少しでも明るい一面があるとすれば、それは唯何も知らない幼年時代の記憶だけだった。彼は度たび夢うつつの間に彼の両親の住んでいた信州の或山峡の村を、——殊に石を置いた板葺き屋根や蚕臭い桑ボヤ*を思い出した。が、その記憶もつづかなかった。彼は時々呻り声の間に観音経を唱えて見たり、昔のはやり歌をうたって見たりした。しかも「妙音観世音、梵音海潮音、勝彼世間音」を唱えた後、「かっぽれ、かっぽれ」をうたうことは滑稽にも彼には勿体ない気がした。

「寝るが極楽。寝るが極楽……」

玄鶴は何も彼も忘れる為に唯ぐっすり眠りたかった。実際又甲野は彼の為に睡眠薬を与える外にもヘロインなどを注射していた。けれども彼には眠りさえいつも安らかには限らなかった。彼は時々夢の中にお芳や文太郎に出合ったりした。それは彼には、

——夢の中の彼には明るい心もちのするものだった。（彼は或夜の夢の中にはまだ新しい花札の「桜の二十*」と話していた。しかもその又「桜の二十」は四五年前のお芳の顔をしていた）しかしそれだけに目の醒めた後は一層彼を見じめにした。玄鶴はいつか眠ることにも恐怖に近い不安を感ずるようになった。
　大晦日もそろそろ近づいた或午後、玄鶴は仰向けに横たわったなり、枕もとの甲野へ声をかけた。
「甲野さん、わしはな、久しく褌をしめたことがないから、晒し木綿を六尺買わせて下さい」
　晒し木綿を手に入れることはわざわざ近所の呉服屋へお松を買いにやるまでもなかった。
「しめるのはわしが自分でしめます。ここへ畳んで置いて行って下さい」
　玄鶴はこの褌を便りに、——この褌に縊れ死ぬことを便りにやっと短い半日を暮した。しかし床の上に起き直ることさえ人手を借りなければならぬ彼には容易にその機会も得られなかった。のみならず死はいざとなって見ると、玄鶴にもやはり恐しかった。彼は薄暗い電燈の光に黄蘗の一行ものを眺めたまま、未だに生を貪らずにはいられぬ彼自身を嘲ったりした。

「甲野さん、ちょっと起して下さい」

それはもう夜の十時頃だった。甲野は妙に玄鶴を見つめ、こう素っ気ない返事をした。

「わしはな、これからひと眠りします。あなたも御遠慮なくお休みなすって下さい」

「いえ、わたくしは起きております。これがわたくしの勤めでございますから」

玄鶴は彼の計画も甲野の為に看破られたのを感じた。が、ちょっと頷いたぎり、何も言わずに狸寝入りをした。甲野は彼の枕もとに婦人雑誌の新年号をひろげ、何か読み耽けっているらしかった。玄鶴はやはり蒲団の側の褌のことを考えながら、薄目に甲野を見守っていた。すると——急に可笑しさを感じた。

「甲野さん」

甲野も玄鶴の顔を見た時はさすがにぎょっとしたらしかった。玄鶴は夜着によりかかったまま、いつかとめどなしに笑っていた。

「なんでございます?」

「いや、何でもない。何にも可笑しいことはありません。——」

玄鶴はまだ笑いながら、細い右手を振って見せたりした。

「今度は……なぜかこう可笑しゅうなってな。……今度はどうか横にして下さい」

一時間ばかりたった後、玄鶴はいつか眠っていた。その晩は夢も恐しかった。彼は樹木の茂った中に立ち、腰の高い障子の隙から茶室めいた部屋を覗いていた。そこには又まる裸の子供が一人、こちらへ顔を向けて横になっていた。それは子供とは云うものの、老人のように皺くちゃだった。玄鶴は声を挙げようとし、寝汗だらけになって目を醒ました。

「離れ」には誰も来ていなかった。のみならずまだ薄暗かった。まだ？――しかし玄鶴は置き時計を見、かれこれ正午に近いことを知った。彼の心は一瞬間、ほっとしただけに明るかった。けれども又いつものように忽ち陰鬱になって行った。彼は仰向けになったまま、彼自身の呼吸を数えていた。それは丁度何ものかに「今だぞ」とせかれている気もちだった。玄鶴はそっと褌を引き寄せ、彼の頭に巻きつけると、両手にぐっと引っぱるようにした。

そこへ丁度顔を出したのはまるまると着膨れた武夫だった。

「やあ、お爺さんがあんなことをしていらあ」

武夫はこう囃しながら、一散に茶の間へ走って行った。

六

一週間ばかりたった後、玄鶴は家族たちに囲まれたまま、肺結核の為に絶命した。
彼の告別式は盛大(!)だった。(唯、腰ぬけのお鳥だけはその式にも出る訣に行かなかった)彼の家に集まった人々は重吉夫婦に悔みを述べた上、白い綸子に蔽われた彼の柩の前に焼香した。が、門を出る時には大抵彼のことを忘れていた。尤も彼の故朋輩だけは例外だったに違いなかった。「あの爺さんも本望だったろう。若い妾も持っていれば、小金もためていたんだから」——彼等は誰も同じようにこんなことばかり話し合っていた。

彼の柩をのせた葬用馬車は一輛の馬車を従えたまま、日の光も落ちない師走の町を或は火葬場へ走って行った。薄汚い後の馬車に乗っているのは重吉や彼の従弟だった。彼の従弟の大学生は馬車の動揺を気にしながら、重吉と余り話もせずに小型の本に読み耽っていた。それは Liebknecht の追憶録の英訳本だった。が、重吉は通夜疲れの為にうとうとと居睡りをしていなければ、窓の外の新開町を眺め、「この辺もすっかり変ったな」などと気のない独り語を洩らしていた。

二輛の馬車は霜どけの道をやっと火葬場へ辿り着いた。しかし予め電話をかけて打ち合せて置いたのにも関らず、一等の竈は満員になり、二等だけ残っているということだった。それは彼等にはどちらでも善かった。が、重吉は舅よりも寧ろお鈴の思惑を考え、半月形の窓越しに熱心に事務員と交渉した。「実は手遅れになった病人だしするから、せめて火葬にする時だけは一等にしたいと思うんですがね」——そんな譃もついて見たりした。それは彼の予期したよりも効果の多い譃らしかった。

「ではこうしましょう。一等はもう満員ですから、特別に一等の料金で焼いて上げることにしましょう」

重吉は幾分か間の悪さを感じ、何度も事務員に礼を言った。事務員は真鍮の眼鏡をかけた好人物らしい老人だった。

「いえ、何、お礼には及びません」

彼等は竈に封印した後、薄汚い馬車に乗って火葬場の門を出ようとした。すると意外にもお芳が一人、煉瓦塀の前に佇んだまま、彼等の馬車に目礼していた。重吉はちょっと狼狽し、彼の帽を上げようとした。しかし彼等を乗せた馬車はその時にはもう傾きながら、ポプラアの枯れた道を走っていた。

「あれですね?」

「うん、……俺たちの来た時もあすこにいたかしら」
「さあ、乞食ばかりいたように思いますがね。……あの女はこの先どうするでしょう?」

重吉は一本の敷島に火をつけ、出来るだけ冷淡に返事をした。
「さあ、どう云うことになるか。……」

彼の従弟は黙っていた。が、彼の想像は上総の或海岸の漁師町を描いていた。それからその漁師町に住まなければならぬお芳親子も。——彼は急に険しい顔をし、いつかさしはじめた日の光の中にもう一度リイプクネヒトを読みはじめた。

(昭和二・一)

蜃気楼

——或は「続 海のほとり」——

一

或秋の午頃、僕は東京から遊びに来た大学生のK君と一しょに蜃気楼を見に出かけて行った。鵠沼の海岸に蜃気楼の見えることは誰でももう知っているであろう。現に僕の家の女中などは逆さまに舟の映ったのを見、「この間の新聞に出ていた写真とそっくりですよ」などと感心していた。

僕等は東家の横を曲り、次手にO君も誘うことにした。午飯の支度でもしていたのか、垣越しに見える井戸端にせっせとポンプを動かしては午飯の支度でもしていたのか、垣越しに見える井戸端にせっせとポンプを動かしていた。僕は秦皮樹のステッキを挙げ、O君にちょっと合図をした。

「そっちから上って下さい。——やあ、君も来ていたのか？」

O君は僕がK君と一しょに遊びに来たものと思ったらしかった。

「僕等は蜃気楼を見に出て来たんだよ。君も一しょに行かないか？」

「蜃気楼か？——」

O君は急に笑い出した。

「どうもこの頃は蜃気楼ばやりだね」

五分ばかりたった後、僕等はもうO君と一しょに砂の深い路を歩いて行った。路の左は砂原だった。そこに牛車の轍が二すじ、黒ぐろと斜めに通っていた。僕はこの深い轍に何か圧迫に近いものを感じた。逞しい天才の仕事の痕、——そんな気も迫って来ないのではなかった。

「まだ僕は健全じゃないね。ああ云う車の痕を見てさえ、妙に参ってしまうんだから」

O君は眉をひそめたまま、何とも僕の言葉に答えなかった。が、僕の心もちはO君にははっきり通じたらしかった。

そのうちに僕等は松の間を、——疎らに低い松の間を通り、引地川の岸を歩いて行った。海は広い砂浜の向うに深い藍色に晴れ渡っていた。が、絵の島は家々や樹木も何か憂鬱に曇っていた。

「新時代ですね？」

K君の言葉は唐突だった。のみならず微笑を含んでいた。新時代？——しかも僕は咄嗟の間にK君の「新時代」を発見した。それは砂止めの笹垣を後ろに海を眺めている男女だった。尤も薄いインバネスに中折帽をかぶった男は新時代と呼ぶには当ら

なかった。しかし女の断髪は勿論、パラソルや踵の低い靴さえ確かに新時代に出来上っていた。
「幸福らしいね」
「君なんぞは羨しい仲間だろう」
　O君はK君をからかったりした。
　蜃気楼の見える場所は彼等から一町ほど隔っていた。僕等はいずれも腹這いになり、陽炎の立った砂浜を川越しに透かして眺めたりした。砂浜の上には青いものが一すじ、リボンほどの幅にゆらめいていた。それはどうしても海の色が陽炎に映っているらしかった。が、その外には砂浜にある船の影も何も見えなかった。
「あれを蜃気楼と云うんですかね？」
　K君は頤を砂だらけにしたなり、失望したようにこう言っていた。そこへどこから鴉が一羽、二三町隔った砂浜の上を、藍色にゆらめいたものの上をかすめ、更に又向うへ舞い下った。と同時に鴉の影はその陽炎の帯の上へちらりと逆まに映って行った。
「これでもきょうは上等の部だな」
　僕等はO君の言葉と一しょに砂の上から立ち上った。するといつか僕等の前には僕

等の残して来た「新時代」が二人、こちらへ向いて歩いていた。僕はちょっとびっくりし、僕等の後ろをふり返った。しかし彼等は不相変一町ほど向うの笹垣を後ろに何か話しているらしかった。僕等は、――殊にO君は拍子抜けのしたように笑い出した。

「この方が反って蜃気楼じゃないか？」

僕等の前にいる「新時代」は勿論彼等とは別人だった。が、女の断髪や男の中折帽をかぶった姿は彼等と殆ど変らなかった。

「僕は何だか気味が悪かった」

「僕もいつの間に来たのかと思いましたよ」

僕等はこんなことを話しながら、今度は引地川の岸に沿わずに低い砂山を越えて行った。砂山は砂止めの笹垣の裾にやはり低い松を黄ばませていた。O君はそこを通る時に「どっこいしょ」と云うように腰をかがめ、砂の上の何かを拾い上げた。それは瀝青らしい黒枠の中に横文字を並べた木札だった。

「何だい、それは？ Sr. H. Tsuji…… Unua…… Aprilo…… Jaro 1906……」

「何かしら？ dua…… Majesta……ですか？ 1926としてありますね」

「これは、ほれ、水葬した死骸についていたんじゃないか？」

Ｏ君はこう云う推測を下した。

「だって死骸を水葬する時には帆布か何かに包むだけだろう？」

「だからそれへこの札をつけてさ。——ほれ、ここに釘が打ってある。これはもとは十字架の形をしていたんだな」

僕等はもうその時には別荘らしい篠垣や松林の間を歩いていた。木札はどうもＯ君の推測に近いものらしかった。僕は又何か日の光の中に感じる筈のない無気味さを感じた。

「縁起でもないものを拾ったな」

「何、僕はマスコットにするよ。……しかし1906から1926とすると、二十位で死んだんだな」

「男ですかしら？　女ですかしら？」

「さあね。……しかし兎に角この人は混血児だったかも知れないね」

僕はＫ君に返事をしながら、船の中に死んで行った混血児の青年を想像した。彼は僕の想像によれば、日本人の母のある筈だった。

「蜃気楼か」

O君はまっ直に前を見たまま、急にこう独り語を言った。それは或は何げなしに言った言葉かも知れなかった。が、僕の心もちには何か幽かに触れるものだった。
「ちょっと紅茶でも飲んで行くかな」
僕等はいつか家の多い本通りの角に佇んでいた。家の多い？——しかし砂の乾いた道には殆ど人通りは見えなかった。
「K君はどうするの？」
「僕はどうでも、……」
そこへ真白い犬が一匹、向うからぼんやり尾を垂れて来た。

　　　二

K君の東京へ帰った後、僕は又O君や妻と一しょに引地川の橋を渡って行った。今度は午後の七時頃、——夕飯をすませたばかりだった。
その晩は星も見えなかった。僕等は余り話もせずに人げのない砂浜を歩いて行った。それは沖へ漁に行った船の目じるしになるものらしかった。砂浜には引地川の川口のあたりに火かげが一つ動いていた。

浪の音は勿論絶えなかった。が、浪打ち際へ近づくにつれ、だんだん磯臭さも強まり出した。それは海そのものよりも僕等の足もとに打ち上げられた海藻や汐木の匂らしかった。僕はなぜかこの匂を鼻の外にも皮膚の上にも感じた。
　僕等は暫く浪打ち際に立ち、浪がしらの仄くのを眺めていた。海はどこを見てもまっ暗だった。僕はかれこれ十年前、上総の或海岸に滞在していたことを思い出した。同時に又そこに一しょにいた或友だちのことを思い出した。彼は彼自身の勉強の外にも「芋粥*」と云う僕の短篇の校正刷を読んでくれたりした。……
　そのうちにいつかO君は浪打ち際にしゃがんだまま、一本のマッチをともしていた。
「何をしているの？」
「何ってことはないけれど、……ちょっとこう火をつけただけでも、いろんなものが見えるでしょう？」
　O君は肩越しに僕等を見上げ、半ばは妻に話しかけたりした。成程一本のマッチの火は海松ふさや心太岬の散らかった中にさまざまの貝殻を照らし出していた。O君はその火が消えてしまうと、又新たにマッチを摺り、そろそろ浪打ち際を歩いて行った。
「やあ、気味が悪いなあ。土左衛門の足かと思った」
　それは半ば砂に埋まった游泳靴の片っぽだった。そこには又海藻の中に大きい海綿

もころがっていた。しかしその火も消えてしまうと、あたりは前よりも暗くなってしまった。

「昼間ほどの獲物はなかった訣だね」

「獲物？　ああ、あの札か？　あんなものはざらにありはしない」

僕等は絶え間ない浪の音を後に広い砂浜を引き返すことにした。僕等の足は砂の外にも時々海蚯蚓を踏んだりした。

「ここいらにもいろんなものがあるんだろうなあ」

「もう一度マッチをつけて見ようか？」

「好いよ。……おや、鈴の音がするね」

僕はちょっと耳を澄ました。それはこの頃の僕に多い錯覚かと思った為だった。が、実際鈴の音はどこかにしているのに違いなかった。僕はもう一度Ｏ君にも聞えるかどうか尋ねようとした。すると二三歩遅れていた妻は笑い声に僕等へ話しかけた。

「あたしの木履の鈴が鳴るでしょう。——」

しかし妻は振り返らずとも、草履をはいているのに違いなかった。

「あたしは今夜は子供になって木履をはいて歩いているんです*」

「奥さんの袂の中で鳴っているんだから、——ああ、Ｙちゃんのおもちゃだよ。鈴の

ついたセルロイドのおもちゃだよ」
　O君もこう言って笑い出した。そのうちに妻は僕等に追いつき、三人一列になって歩いて行った。
　僕はO君にゆうべの夢を話した。僕等は妻の常談を機会に前よりも元気に話し出した。それは或文化住宅の前にトラック自動車の運転手と話をしている夢だった。僕はその夢の中にも確かにこの運転手には会ったことがあると思っていた。が、どこで会ったものかは目の醒めた後もわからなかった。
「それがふと思い出して見ると、三四年前にたった一度談話筆記に来た婦人記者なんだがね」
「いや、勿論男なんだよ。顔だけは唯その人になっているんだ。やっぱり一度見たものは頭のどこかに残っているのかな」
「そうだろうな。顔でも印象の強いやつは、……」
「けれども僕はその人の顔に興味も何もなかったんだがね。それだけに反って気味が悪いんだ。何だか意識の閾の外にもいろんなものがあるような気がして、……」
「つまりマッチへ火をつけて見ると、いろんなものが見えるようなものだな」
　僕はこんなことを話しながら、偶然僕等の顔だけははっきり見えるのを発見した。

しかし星明りさえ見えないことは前と少しも変わらなかった。何度も空を仰いで見たりした。すると妻も気づいたと見え、まだ何とも言わないうちに僕の疑問に返事をした。

「砂のせいですね。そうでしょう？」

妻は両袖を合せるようにし、広い砂浜をふり返っていた。

「そうらしいね」

「砂と云うやつは悪戯ものだな。蜃気楼もこいつが拵えるんだから。……奥さんはまだ蜃気楼を見ないの？」

「いいえ、この間一度、——何だか青いものが見えたばかりですけれども。……」

「それだけですよ。きょう僕たちの見たのも」

僕等は引地川の橋を渡り、東家の土手の外を歩いて行った。松は皆いつか起り出した風にこうこうと梢を鳴らしていた。そこへ脊の低い男が一人、足早にこちらへ来るらしかった。僕はふとこの夏見た或錯覚を思い出した。それはやはりこう云う晩にポプラアの枝にかかった紙がヘルメット帽のように見えたのだった。が、その男は錯覚ではなかった。のみならず互に近づくのにつれ、ワイシャツの胸なども見えるようになった。

「何だろう、あのネクタイ・ピンは？」

僕は小声にこう言った後、忽ちピンだと思ったのは巻煙草の火だったのを発見した。が、その男はわき目もふらずにさっさと僕等とすれ違って行った。

すると妻は袂を銜え、誰よりも先に忍び笑いをし出した。

「じゃおやすみなさい」

「おやすみなさいまし」

僕等は気軽にＯ君に別れ、松風の音の中を歩いて行った。その又松風の音の中には虫の声もかすかにまじっていた。

「おじいさんの金婚式はいつになるんでしょう？」

「おじいさん」と云うのは父のことだった。

「いつになるかな。……東京からバタはとどいているね？」

「バタはまだ。とどいているのはソウセェジだけ」

そのうちに僕等は門の前へ——半開きになった門の前へ来ていた。

河童

どうかKappaと発音して下さい。

序

これは或精神病院の患者、——第二十三号が誰にでもしゃべる話である。彼はもう三十を越しているであろう。が、一見した所は如何にも若々しい狂人である。彼の半生の経験は、——いや、そんなことはどうでも善い。彼は唯じっと両膝をかかえ、時々窓の外へ目をやりながら、(鉄格子をはめた窓の外には枯れ葉さえ見えない樫の木が一本、雪曇りの空に枝を張っていた) 院長のＳ博士や僕を相手に長々とこの話をしゃべりつづけた。尤も身ぶりはしなかった訣ではない。彼はたとえば「驚いた」と言う時には急に顔をのけ反らせたりした。……

僕はこう云う彼の話を可なり正確に写したつもりである。若し又誰か僕の筆記に飽き足りない人があるとすれば、東京市外××村のＳ精神病院を尋ねて見るが善い。年よりも若い第二十三号はまず丁寧に頭を下げ、蒲団のない椅子を指さすであろう。それから憂鬱な微笑を浮かべ、静かにこの話を繰り返すであろう。最後に、——僕はこの話を終った時の彼の顔色を覚えている。彼は最後に身を起すが早いか、忽ち拳骨を

ふりまわしながら、誰にでもこう怒鳴りつけるであろう。――「出て行け！　この悪党めが！　貴様も莫迦な、嫉妬深い、猥褻な、図々しい、うぬ惚れきった、残酷な、虫の善い動物なんだろう。出て行け！　この悪党めが！」

一

　三年前の夏のことです。僕は人並みにリュック・サックを背負い、この上高地の温泉宿から穂高山へ登ろうとしました。穂高山へ登るのには御承知の通り梓川を溯る外はありません。僕は前に穂高山は勿論、槍ヶ岳にも登っていましたから、朝霧の下りた梓川の谷を案内者もつれずに登って行きました。朝霧の下りた梓川の谷をいつまでたっても晴れる気色は見えません。のみならず反って深くなるのです。僕は一時間ばかり歩いた後、一度は上高地の温泉宿へ引き返すことにしようかと思いました。けれども上高地へ引き返すにしても、兎に角霧の晴れるのを待った上にしなければなりません。と云って霧は一刻毎にずんずん深くなるばかりなのです。
「ええ、いっそ登ってしまえ」――僕はこう考えましたから、梓川の谷を離れないように熊笹の中を分けて行きました。

しかし僕の目を遮るものはやはり深い霧ばかりです。尤も時々霧の中から太い毛生欅や樅の枝が青あおと葉を垂らしたのも見えなかった訣ではありません。それから又放牧の馬や牛も突然僕の前へ顔を出しました。そのうちに足もくたびれて来れば、忽ち又濛々とした霧の中に隠れてしまうのです。けれどもそれ等は見えたと思うと、腹もだんだん減りはじめる。――おまけに霧に濡れ透った登山服や毛布なども並み大抵の重さではありません。僕はとうとう我を折りましたから、岩にせかれている水の音を便りに梓川の谷へ下りることにしました。

僕は水ぎわの岩に腰かけ、とりあえず食事にとりかかりました。コオンド・ビイフ*の缶を切ったり、枯れ枝を集めて火をつけたり、――そんなことをしているうちにかれこれ十分はたったでしょう。その間にどこまでも意地の悪い霧はいつかほのぼのと晴れかかりました。僕はパンを嚙じりながら、ちょっと腕時計を覗いて見ました。時刻はもう一時二十分過ぎです。が、それよりも驚いたのは何か気味の悪い顔が一つ、円い腕時計の硝子の上へちらりと影を落したことです。僕は驚いてふり返りました。すると、――僕が河童と云うものを見たのは実にこの時が始めてだったのです。僕の後ろにある岩の上には画にある通りの河童が一匹、片手は白樺の幹を抱え、片手は目の上にかざしたなり、珍らしそうに僕を見おろしていました。

僕は呆気にとられたまま、暫くは身動きもしずにいました。河童もやはり驚いたと見え、目の上の手さえ動かしません。そのうちに僕は飛び立つが早いか、岩の上の河童へ躍りかかりました。同時に又河童も逃げ出しました。いや、恐らくは逃げ出したのでしょう。実はひらりと身を反したと思うと、忽ちどこかへ消えてしまったのです。僕は愈驚きながら、熊笹の中を見まわしました。すると河童は逃げ腰をしたなり、二三メエトル隔った向うに僕を振り返って見ているのです。それは不思議でも何でもありません。しかし僕に意外だったのは河童の体の色のことです。岩の上に僕を見ていた河童は一面に灰色を帯びていました。けれども今は体中すっかり緑いろに変っているのです。僕は「畜生！」とおお声を挙げ、もう一度河童へ飛びかかりました。河童が逃げ出したのは勿論です。それから僕は三十分ばかり、熊笹を突きぬけ、岩を飛び越え、遮二無二河童を追いつづけました。

河童も亦足の早いことは決して猿などに劣りません。僕は夢中になって追いかける間に何度もその姿を見失おうとしました。のみならず足を辷らして転がったことも度たびです。が、大きい橡の木が一本、太ぶとと枝を張った下へ来ると、幸いにも放牧の牛が一匹、河童の往く先へ立ち塞がりました。しかもそれは角の太い、目を血走らせた牡牛なのです。河童はこの牡牛を見ると、何か悲鳴を挙げながら、一きわ高い熊

笹の中へもんどりを打つように飛び込みました。僕は、——僕も「しめた」と思いましたから、いきなりそのあとへ追いすがりました。するとそこには僕の知らない穴でもあいていたのでしょう。僕は滑かな河童の背中にやっと指先がさわったと思うと、忽ち深い闇の中へまっ逆さまに転げ落ちました。僕は「あっ」と思う拍子にあの上高地の温泉宿の側に「河童橋」と云う橋があるのを思い出しました。それから、——それから先のことは覚えていません。僕は唯目の前に稲妻に似たものを感じたぎり、いつの間にか正気を失っていました。

　　　二

　そのうちにやっと気がついて見ると、僕は仰向けに倒れたまま、大勢の河童にとり囲まれていました。のみならず太い嘴の上に鼻眼鏡をかけた河童が一匹、僕の側へ跪きながら、僕の胸へ聴診器を当てていました。その河童は僕が目をあいたのを見ると、僕に「静かに」と云う手真似をし、それから誰か後ろにいる河童へ Quax quax と声をかけました。するとどこからか河童が二匹、担架を持って歩いて来まし

た。僕はこの担架にのせられたまま、大勢の河童の群がった中を静かに何町か進んで行きました。僕の両側に並んでいる町は少しも銀座通りと違いありません。やはり毛生欅の並み木のかげにいろいろの店が日除けを並べ、その又並み木に挟まれた道を自動車が何台も走っているのです。

やがて僕を載せた担架は細い横町を曲ったと思うと、或家の中へ舁ぎこまれました。それは後に知った所によれば、あの鼻眼鏡をかけた河童の家、——チャックと云う医者の家だったのです。チャックは僕を小綺麗なベッドの上へ寝かせました。それから何か透明な水薬を一杯飲ませました。僕はベッドの上に横たわったなり、チャックのするままになっていました。実際又僕の体は礫に身動きも出来ないほど、節々が痛んでいたのですから。

チャックは一日に二三度は必ず僕を診察に来ました。又三日に一度位は僕の最初に見かけた河童、——バッグと云う漁師も尋ねて来ました。河童は我々人間が河童のことを知っているよりも遥かに人間のことを知っています。それは我々人間が河童を捕獲することよりもずっと河童が人間を捕獲することが多い為でしょう。捕獲と云うのは当らないまでも、我々人間は僕の前にも度々河童の国へ来ているのです。なぜと言って御覧なさい。僕等は一生河童の国に住んでいたものも多かったのです。

は唯河童ではない、人間であると云う特権の為に働かずに食っていられるのです。現にバッグの話によれば、或若い道路工夫などはやはり偶然この国へ来た後、雌の河童を妻に娶り、死ぬまで住んでいたと云うことです。尤もその又雌の河童はこの国第一の美人だった上、夫の道路工夫を護摩化すのにも妙を極めていたと云うことです。

僕は一週間ばかりたった後、この国の法律の定める所により、「特別保護住民」としてチャックの隣に住むことになりました。僕の家は小さい割に如何にも瀟洒と出来上っていました。勿論この国の文明は我々人間の国の文明——少くとも日本の文明などと余り大差はありません。往来に面した客間の隅には小さいピアノが一台あり、そればかりか壁には額縁へ入れたエッティングなども懸っていました。唯肝腎の家をはじめ、テエブルや椅子の寸法も河童の身長に合わせてありますから、子供の部屋に入れられたようにそれだけは不便に思いました。

僕はいつも日暮れがたになると、この部屋にチャックやバッグを迎え、河童の言葉を習いました。いや、彼等ばかりではありません。特別保護住民だった僕に誰も皆好奇心を持っていましたから、毎日血圧を調べて貰うに、わざわざチャックを呼び寄せるゲエルと云う硝子会社の社長などもやはりこの部屋へ顔を出したものです。しかし最初の半月ほどの間に一番僕と親しくしたのはやはりあのバッグと云う漁夫だったの

或生暖かい日の暮です。僕はこの部屋のテエブルを中に漁夫のバッグと向い合っていました。するとバッグはどう思ったか、急に黙ってしまった上、大きい目を一層大きくしてじっと僕を見つめました。これは勿論妙に思いましたから、「Quax, Bag, quo quel quan?」と云うことです。これを日本語に翻訳すれば、「おい、バッグ、どうしたんだ」と云うことです。が、バッグは返事をしません。のみならずいきなり立ち上ると、べろりと舌を出したなり、丁度蛙の刎ねるように飛びかかる気色さえ示しました。僕は愈無気味になり、そっと椅子から立ち上ると、一足飛びに戸口へ飛び出そうとしました。丁度そこへ顔を出したのは幸いにも医者のチャックです。

「こら、バッグ、何をしているのだ？」

チャックは鼻目金をかけたまま、こう云うバッグを睨みつけました。するとバッグは恐れ入ったと見え、何度も頭へ手をやりながら、こう言ってチャックにあやまるのです。

「どうもまことに相すみません。実はこの旦那の気味悪がるのが面白かったものですから、つい調子に乗って悪戯をしたのです。どうか旦那も堪忍して下さい」

三

　僕はこの先を話す前にちょっと河童と云うものを説明して置かなければなりません。河童は未だに実在するかどうかも疑問になっている動物です。が、それは僕自身が彼等の間に住んでいた以上、少しも疑う余地はない筈です。では又どう云う動物かと云えば、頭に短い毛のあるのは勿論、手足に水掻きのついていることも「水虎考略*」などに出ているのと著しい違いはありません。身長もざっと一メエトルを越えるか越えぬ位でしょう。体重は医者のチャックによれば、二十ポンドから三十ポンドまで、――稀には五十何ポンド位の大河童もいると言っていました。それから頭のまん中には楕円形の皿があり、その又皿は年齢により、だんだん固さを加えるようです。現に年をとったバッグの皿は若いチャックの皿などとは全然手ざわりも違うのです。しかし一番不思議なのは河童の皮膚の色のことでしょう。河童は我々人間のように一定の皮膚の色を持っていません。何でもその周囲の色と同じ色に変ってしまう、――たとえば草の中にいる時には草のように緑色に変り、岩の上にいる時には岩のように灰色に変るのです。これは勿論河童に限らず、カメレオンにもあることです。或は河童は

皮膚組織の上に何かカメレオンに近い所を持っているのかも知れません。僕はこの事実を発見した時、西国の河童は緑色であり、東北の河童は赤いと云う民俗学上の記録を思い出しました。のみならずバッグを追いかける時、突然どこへ行ったのか、見えなくなったことを思い出しました。しかも河童は皮膚の下に余程厚い脂肪を持っていると見え、この地下の国の温度は比較的低いのにも関らず、（平均華氏五十度前後です）着物と云うものを知らずにいるのです。勿論どの河童も目金をかけたり、巻煙草の箱を携えたり、金入れを持ったりはしているでしょう。しかし河童はカンガルウのように腹に袋を持っていますから、それ等のものをしまう時にも格別不便はしないのです。唯僕に可笑しかったのは腰のまわりさえ蔽わないことです。僕は或時この習慣をなぜかとバッグに尋ねて見ました。するとバッグはのけぞったまま、いつまでもげらげら笑っていました。おまけに「わたしはお前さんの隠しているのが可笑しい」と返事をしました。

　　　四

　僕（ぼく）はだんだん河童の使う日常の言葉を覚えて来ました。従って河童の風俗や習慣も

のみこめるようになって来ました。その中でも一番不思議だったのは河童は我々人間の真面目に思うことを可笑しがる、同時に我々人間の可笑しがることを真面目に思う——こう云うとんちんかんな習慣です。たとえば我々人間は正義とか人道とか云うことを真面目に思う、しかし河童はそんなことを聞くと、腹をかかえて笑い出すのです。つまり彼等の滑稽と云う観念は我々の滑稽と全然標準を異にしているのでしょう。僕は或時医者のチャックと産児制限の話をしていました。するとチャックは大口をあいて、鼻眼鏡の落ちるほど笑い出しました。僕は勿論腹が立ちましたから、何が可笑しいかと詰問しました。何でもチャックの返答は大体こうだったように覚えています。尤も多少細かい所は間違っているかも知れません。何しろまだその頃は僕も河童の使う言葉をすっかり理解していなかったのですから。

「しかし両親の都合ばかり考えているのは可笑しいですからね。どうも余り手前勝手ですからね」

その代りに我々人間から見れば、実際又河童のお産位、可笑しいものはありません。現に僕は暫くたってから、バッグの細君のお産をする所をバッグの小屋へ見物に行きました。河童もお産をする時には我々人間と同じことです。やはり医者や産婆などの助けを借りてお産をするのです。けれどもお産をするとなると、父親は電話でもかけ

るように母親の生殖器に口をつけ、「お前はこの世界へ生れて来るかどうか、よく考えた上で返事をしろ」と大きな声で尋ねるのです。バッグもやはり膝をつきながら、何度も繰り返してこう言いました。それからテエブルの上にあった消毒用の水薬で嗽いをしました。すると細君の腹の中の子は多少気兼でもしていると見え、こう小声に返事をしました。

「僕は生れたくはありません。第一僕のお父さんの遺伝は精神病だけでも大へんです。その上僕は河童的存在を悪いと信じていますから」

バッグはこの返事を聞いた時、てれたように頭を搔いていました。が、そこにい合せた産婆は忽ち細君の生殖器へ太い硝子の管を突きこみ、何か液体を注射しました。すると細君はほっとしたように太い息を洩らしました。同時に又今まで大きかった腹は水素瓦斯を抜いた風船のようにへたへたと縮んでしまいました。

こう云う返事をする位ですから、河童の子供は生れるが早いか、勿論歩いたりしゃべったりするのです。何でもチャックの話では出産後二十六日目に神の有無に就いて講演をした子供もあったとか云うことです。尤もその子供は二月目には死んでしまったと云うことですが。

お産の話をした次手ですから、僕がこの国へ来た三月目に偶然或街の角で見かけた、

大きいポスタアの話をしましょう。その大きいポスタアの下には喇叭を吹いている河童だのの剣を持っている河童だのが十二三匹描いてありました。それから又上には河童の使う、丁度時計のゼンマイに似た螺旋文字が一面に並べてありました。この螺旋文字を翻訳すると、大体こう云う意味になるのです。これも或は細かい所は間違っているかも知れません。が、兎に角僕としては僕と一しょに歩いていた、ラップと云う河童の学生が大声に読み上げてくれる言葉を一々ノオトにとって置いたのです。

遺伝的義勇隊を募る!!!
健全なる男女の河童よ!!!
悪遺伝を撲滅する為に
不健全なる男女の河童と結婚せよ!!!

僕は勿論その時にもそんなことの行われないことをラップに話して聞かせました。するとラップばかりではない、ポスタアの近所にいた河童は悉くげらげら笑い出しました。
「行われない? だってあなたの話ではあなたがたもやはり我々のように行っている

と思いますがね。あなたは令息が女中に惚れたり、令嬢が運転手に惚れたりするのは何の為だと思っているのです？　あれは皆無意識的に悪遺伝を撲滅しているのです。第一この間あなたの話したあなたがた人間の義勇隊よりも、――一本の鉄道を奪う為に互に殺し合う義勇隊ですね、――ああ云う義勇隊に比べれば、ずっと僕たちの義勇隊は高尚ではないかと思いますがね」

ラップは真面目にこう言いながら、しかも太い腹だけは可笑しそうに絶えず浪立たせていました。が、僕は笑うどころか、慌てて或河童を摑まえようとしました。それは僕の油断を見すまし、その河童が僕の万年筆を盗んだことに気がついたからです。しかし皮膚の滑かな河童は容易に我々には摑まりません。その河童もぬらりと辷り抜けるが早いか一散に逃げ出してしまいました。丁度蚊のように痩せた体を倒れるかと思う位のめらせながら。

　　　五

　僕はこのラップと云う河童にバッグにも劣らぬ世話になりました。が、その中でも忘れられないのはトックと云う河童に紹介されたことです。トックは河童仲間の詩人

です。詩人が髪を長くしていることは我々人間と変りません。僕は時々トックの家へ退屈凌ぎに遊びに行きました。トックはいつも狭い部屋に高山植物の鉢植えを並べ、詩を書いたり煙草をのんだり、如何にも気楽そうに暮らしていました。その又部屋の隅には雌の河童が一匹、（トックは自由恋愛家ですから、細君と云うものは持たないのです）編み物か何かしていました。トックは僕の顔を見ると、いつも微笑してこう言うのです。（尤も河童の微笑するのは余り好いものではありません。少くとも僕は最初のうちは寧ろ無気味に感じたものです）
「やあ、よく来たね。まあ、その椅子にかけ給え」

トックはよく河童の生活だの河童の芸術だのの話をしました。当り前の河童の生活位、莫迦げているものはありません。親子夫婦兄弟などと云うのは悉く互に苦しめ合うことを唯一の楽しみにして暮らしているのです。殊に家族制度と云うものは莫迦げている以上にも莫迦げているのです。トックは或時窓の外を指さし、「見給え。あの莫迦げさ加減を！」と吐き出すように言いました。窓の外の往来にはまだ年の若い河童が一匹、両親らしい河童を始め、七八匹の雌雄の河童を頸のまわりへぶら下げながら、息も絶え絶えに歩いていました。しかし僕は年の若い河童の犠牲的精神に感心しましたから、反ってその健気さを褒め立てました。

「ふん、君はこの国でも市民になる資格を持っている。……時に君は社会主義者かね？」
 僕は勿論 qua（これは河童の使う言葉では「然り」と云う意味を現すのです）と答えました。
「では百人の凡人の為に一人の天才を犠牲にすることも顧みない筈だ」
「では君は何主義者だ？ 誰かトック君の信条は無政府主義だと言っていたが、……」
「僕か？ 僕は超人（直訳すれば超河童です）だ」
 トックは昂然と言い放ちました。こう云うトックは芸術の上にも独特な考えを持っています。トックの信ずる所によれば、芸術は何ものの支配をも受けない、芸術の為の芸術である、従って芸術家たるものは何よりも先に善悪を絶した超人でなければならぬと云うのです。尤もこれは必しもトック一匹の意見ではありません。トックの仲間の詩人たちは大抵同意見を持っているようです。現に僕はトックと一しょに度たび超人倶楽部へ遊びに行きました。超人倶楽部に集まって来るのは詩人、小説家、戯曲家、批評家、画家、音楽家、彫刻家、芸術上の素人等です。しかしいずれも超人です。彼等は電燈の明るいサロンにいつも快活に話し合っていました。のみならず時には

得々と彼等の超人ぶりを示し合っていました。たとえば或彫刻家などは大きい鬼羊歯の鉢植えの間に年の若い河童をつかまえながら、頬に男色を弄んでいました。又或雌の小説家などはテエブルの上に立ち上ったなり、アブサントを六十本飲んで見せました。尤もこれは六十本目にテエブルの下へ転げ落ちるが早いか、忽ち往生してしまいましたが。

僕は或月の好い晩、詩人のトックと肘を組んだまま、超人倶楽部から帰って来ました。トックはいつになく沈みこんで一ことも口を利かずにいました。そのうちに僕等は火かげのさした、小さい窓の前を通りかかりました。その又窓の向うには夫婦らしい雌雄の河童が二匹、三匹の子供の河童と一しょに晩餐のテエブルに向っているのです。するとトックはため息をしながら、突然こう僕に話しかけました。

「僕は超人的恋愛家だと思っているがね、ああ云う家庭の容子を見ると、やはり羨しさを感じるんだよ」

「しかしそれはどう考えても、矛盾しているとは思わないかね？」

けれどもトックは月明りの下にじっと腕を組んだまま、あの小さい窓の向うを、――平和な五匹の河童たちの晩餐のテエブルを見守っていました。それから暫くしてこう答えました。

「あすこにある玉子焼は何と言っても、恋愛などよりも衛生的だからね」

六

　実際又河童の恋愛は我々人間の恋愛とは余程趣を異にしています。雌の河童はこれぞと云う雄の河童を見つけるが早いか、雄の河童を捉えるのに如何なる手段も顧みません。一番正直な雌の河童は遮二無二雄の河童を追いかけるのです。現に僕は気違いのように雄の河童を追いかけている雌の河童を見かけました。いや、そればかりではありません。若い雌の河童は勿論、その河童の両親や兄弟まで一しょになって追いかけるのです。雄の河童こそ見じめです。何しろさんざん逃げまわった揚句、運好くつかまらずにすんだとしても、二三箇月は床についてしまうのですから。僕は或時僕の家にトックの詩集を読んでいました。するとそこへ駈けこんで来たのはあのラップと云う学生です。ラップは僕の家へ転げこむと、床の上へ倒れたなり、息も切れ切れにこう言うのです。

「大変だ！　とうとう僕は抱きつかれてしまった！」

　僕は咄嗟に詩集を投げ出し、戸口の錠をおろしてしまいました。しかし鍵穴から覗

いて見ると、硫黄の粉末を顔に塗った、背の低い雌の河童が一匹、まだ戸口にうろついているのです。ラップはその日から何週間か僕の床の上に寝ていました。のみならずいつかラップの嘴はすっかり腐って落ちてしまいました。

 尤も又時には雌の河童を一生懸命に追いかける雄の河童もないではありません。しかしそれもほんとうの所は追いかけずにはいられないように雌の河童が仕向けるのです。僕はやはり気違いのように雌の河童を追いかけている雄の河童も見かけました。雌の河童は逃げて行くうちにも、時々わざと立ち止まって見たり、四つん這いになったりして見せるのです。おまけに丁度好い時分になると、さもがっかりしたように楽々とつかまませてしまうのです。が、やっと起き上ったのを見ると、失望と云うか、後悔と云うか、兎に角何とも形容出来ない、気の毒な顔をしていました。しかしそれはまだ好いのです。これも僕の見かけた中に小さい雄の河童が一匹、雌の河童を追いかけていました。雌の河童は例の通り、誘惑的遁走をしているのです。するとそこへ向うの街から大きい雄の河童が一匹、鼻息を鳴らせて歩いて来ました。雌の河童は何かの拍子にふとこの雄の河童を見ると、「大変です！　助けて下さい！　あの雄の河童はわたしを殺そうとするのです！」と金切り声を出して叫びました。勿論大きい雄の河童は

忽ち小さい河童をつかまえ、往来のまん中へねじ伏せました。小さい河童は水搔きのある手に二三度空を摑んだなり、とうとう死んでしまいました。けれどももうその時には雌の河童はにやにやしながら、大きい河童の頸っ玉へしっかりしがみついてしまっていたのです。

僕の知っていた雄の河童は誰も皆言い合わせたように雌の河童に追いかけられました。勿論妻子を持っているバッグでもやはり追いかけられたのです。のみならず二三度はつかまったのです。唯マッグと云う哲学者だけは（これはあのトックと云う詩人の隣にいる河童です）一度もつかまったことはありません。これは一つにはマッグ位、醜い河童も少ない為でしょう。しかし又一つにはマッグだけは余り往来へ顔を出さずに家にばかりいる為です。僕はこのマッグの家へも時々話しに出かけました。マッグはいつも薄暗い部屋に七色の色硝子のランタアンをともし、脚の高い机に向いながら、厚い本ばかり読んでいるのです。僕は或時こう云うマッグと河童の恋愛を論じ合いました。

「なぜ政府は雌の河童が雄の河童を追いかけるのをもっと厳重に取り締らないのです？」

「それは一つには官吏の中に雌の河童の少ない為ですよ。雌の河童は雄の河童よりも

一層嫉妬心は強いものですからね。雌の河童の官吏さえ殖えれば、きっと今よりも雄の河童は追いかけられずに暮せるでしょう。しかしその効力も知れたものですね。なぜと言って御覧なさい。官吏同志でも雌の河童は雄の河童を追いかけますからね」
「じゃあなたのように暮しているのは一番幸福な訣ですね」
するとマッグは椅子を離れ、僕の両手を握ったまま、ため息と一しょにこう言いました。
「あなたは我々河童ではありませんから、おわかりにならないのも尤もです。しかしわたしもどうかすると、あの恐ろしい雌の河童に追いかけられたい気も起るのですよ」

　　　　七

　僕は又詩人のトックと度たび音楽会へも出かけました。が、未だに忘れられないのは三度目に聴きに行った音楽会のことです。尤も会場の容子などは余り日本と変っていません。やはりだんだんせり上った席に雌雄の河童が三四百匹、いずれもプログラムを手にしながら、一心に耳を澄ませているのです。僕はこの三度目の音楽会の時に

はトックやトックの雌の河童の外にも哲学者のマッグと一しょになり、一番前の席に坐っていました。するとセロの独奏が終った後、妙に目の細い河童が一匹、無造作に譜本を抱えたまま、壇の上へ上って来ました。この河童はプログラムの教える通り、名高いクラバックという作曲家です。プログラムの教える通り、――いや、プログラムを見るまでもありません。クラバックはトックが属している超人倶楽部の会員ですから、僕も亦顔だけは知っているのです。

「Lied――Craback」（この国のプログラムも大抵は独逸語を並べていました）

クラバックは盛んな拍手の中にちょっと我々へ一礼した後、静にピアノの前へ歩み寄りました。それからやはり無造作に自作のリイドを弾きはじめました。クラバックはトックの言葉によれば、この国の生んだ音楽家中、前後に比類のない天才だそうです。僕はクラバックの音楽は勿論、その又余技の抒情詩にも興味を持っていましたから、大きい弓なりのピアノの音に熱心に耳を傾けていました。トックやマッグも恍惚としていたことは或は僕よりも勝っていたでしょう。が、あの美しい（少くとも河童たちの話によれば）雌の河童だけはしっかりプログラムを握ったなり、時々さも苛ら立たしそうに長い舌をべろべろ出していました。これはマッグの話によれば、何でもかれこれ十年前にクラバックを摑まえそこなったものですから、未だにこの音楽家を

目の敵にしているのだとか云うことです。

クラバックは全身に情熱をこめ、戦うようにピアノを弾きつづけました。すると突然会場の中に神鳴りのように響き渡ったのは「演奏禁止」と云う声です。僕はこの声にびっくりし、思わず後をふり返りました。声の主は紛れもない、一番後の席にいる身の丈抜群の巡査です。巡査は僕がふり向いた時、悠然と腰をおろしたまま、もう一度前よりもおお声に「演奏禁止」と怒鳴りました。それから、──

それから先は大混乱です。「警官横暴！」「クラバック、弾け！弾け！」「莫迦！」「畜生！」「ひっこめ！」「負けるな！」──こう云う声の湧き上った中に椅子は倒れる、プログラムは飛ぶ、おまけに誰が投げるのか、サイダアの空罎や石ころや噛じりかけの胡瓜さえ降って来るのです。僕は呆っ気にとられましたから、椅子の上に突っ立ちながら、その理由を尋ねようとしました。が、トックも興奮したと見え、トックの雌の河童もいつの間に敵意を忘れたのか、「警官横暴」と叫んでいることは少しもトックに変りません。僕はやむを得ずマッグに向かい、「どうしたのです？」と尋ねて見ました。

「これですか？　これはこの国ではよくあることですよ。元来画だの文芸だのは

マッグは何か飛んで来る度にちょっと頸を縮めながら、不相変静かに説明しました。
「元来画だの文芸だのは誰の目にも何を表わしているかはとや角ちゃんとわかる筈ですから、この国では決して発売禁止や展覧禁止は行われません。その代りにあるのが演奏禁止です。何しろ音楽と云うものだけはどんなに風俗を壊乱する曲でも、耳のない河童にはわかりませんからね」
「しかしあの巡査は耳があるのですか?」
「さあ、それは疑問ですね。多分今の旋律を聞いているうちに細君と一しょに寝ている時の心臓の鼓動でも思い出したのでしょう」
 こう云う間にも大騒ぎは愈々盛んになるばかりです。クラバックはピアノに向ったまま、傲然と我々をふり返っていました。が、いくら傲然としていても、いろいろのものの飛んで来るのはよけきれません。従ってつまり二三秒置きに折角の態度も変った訣です。しかし兎に角大体としては大音楽家の威厳を保ちながら、細い目を凄まじく赫かやかせていました。僕は——僕も勿論危険を避ける為にトックを小楯にとっていたものです。が、やはり好奇心に駆られ、熱心にマッグと話しつづけました。
「そんな検閲は乱暴じゃありませんか?」

「何、どの国の検閲よりも却って進歩している位ですよ。たとえば日本を御覧なさい。現につい一月ばかり前にも、……」

丁度こう言いかけた途端です。マッグは生憎脳天に空罎が落ちたものですから、quack（これは唯間投詞です）と一声叫んだぎり、とうとう気を失ってしまいました。

　　　　　八

僕は硝子会社の社長のゲエルに不思議にも好意を持っていました。ゲエルは資本家中の資本家です。恐らくはこの国の河童の中でも、ゲエルほど大きい腹をした河童は一匹もいなかったのに違いありません。しかし茘枝に似た細君や胡瓜に似た子供を左右にしながら、安楽椅子に坐っている所は殆ど幸福そのものです。僕は時々裁判官のペップや医者のチャックにつれられてゲエル家の晩餐へ出かけました。又ゲエルの紹介状を持ってゲエルやゲエルの友人たちが多少の関係を持っているいろいろの工場も見て歩きました。そのいろいろの工場の中でも殊に僕に面白かったのは書籍製造会社の工場です。僕は年の若い河童の技師とこの工場の中へはいり、水力電気を動力にした、大きい機械を眺めた時、今更のように河童の国の機械工業の進歩に驚嘆しま

た。何でもそこでは一年間に七百万部の本を製造するそうです。が、僕を驚かしたのは本の部数ではありません。それだけの本を製造するのに少しも手数のかからないことです。何しろこの国では本を造るのに唯機械の漏斗形の口へ紙とインクと灰色をした粉末とを入れるだけなのですから。それ等の原料は機械の中へはいると、殆ど五分とたたないうちに菊版、四六版、菊半截版などの無数の本になって出て来るのです。僕は瀑のように流れ落ちるいろいろの本を眺めながら、反り身になった河童の技師にその灰色の粉末は何と云うものかと尋ねて見ました。すると技師は黒光りに光った機械の前に佇んだまま、つまらなそうにこう返事をしました。
「これですか？　これは驢馬の脳髄ですよ。ええ、一度乾燥させてから、ざっと粉末にしただけのものです。時価は一噸二三銭ですがね」
　勿論こう云う工業上の奇蹟は書籍製造会社ばかり起っている訣ではありません。絵画製造会社にも、音楽製造会社にも、同じように起っているのです。実際又ゲエルの話によれば、この国では平均一箇月に七八百種の機械が新案され、何でもずんずん人手を待たずに大量生産が行われるそうです。従って又職工の解雇されるのも四五万匹を下らないそうです。その癖まだこの国では毎朝新聞を読んでいても、一度も罷業と云う字に出会いません。僕はこれを妙に思いましたから、或時又ペップやチャッ

クとゲエル家の晩餐に招かれた機会にこのことをなぜかと尋ねて見ました。
「それはみんな食ってしまうのですよ」
食後の葉巻を啣えたゲエルは如何にも無造作にこう言いました。しかし「食ってしまう」と云うのは何のことだかわかりません。すると鼻眼金をかけたチャックは僕の不審を察したと見え、横あいから説明を加えてくれました。
「その職工をみんな殺してしまって、肉を食料に使うのです。ここにある新聞を御覧なさい。今月は丁度六万四千七百六十九匹の職工が解雇されましたから、それだけ肉の価段も下った訣ですよ」
「職工は黙って殺されるのですか？」
「それは騒いでも仕かたはありません。職工屠殺法があるのですから」
これは山桃の鉢植えを後に苦い顔をしていたペップの言葉です。僕は勿論不快を感じました。しかし主人公のゲエルは勿論、ペップやチャックもそんなことは当然と思っているらしいのです。現にチャックは笑いながら、嘲るように僕に話しかけました。
「つまり餓死したり自殺したりする手数を国家的に省略してやるのですね。ちょっと有毒瓦斯を嗅がせるだけですから、大した苦痛はありませんよ」
「けれどもその肉を食うと云うのは、……」

「常談を言ってはいけません。あのマッグに聞かせたら、さぞ大笑いに笑うでしょう。あなたの国でも第四階級*の娘たちは売笑婦になっているではありませんか？　職工の肉を食うことなどに憤慨したりするのは感傷主義ですよ」

こう云う問答を聞いていたゲエルは手近いテエブルの上にあったサンド・ウィッチの皿を勧めながら、恬然と僕にこう言いました。

「どうです？　一つ食りませんか？　これも職工の肉ですがね」

僕は勿論辟易しました。いや、それはかりではありません。ペップやチャックの笑い声を後にゲエル家の客間を飛び出しました。それは丁度家々の空に星明りも見えない荒れ模様の夜です。僕はその闇の中を僕の住居へ帰りながら、のべつ幕なしに嘔吐を吐きました。夜目にも白じらと流れる嘔吐を。

　　　　　九

しかし硝子会社の社長のゲエルは人懐こい河童だったのに違いありません。僕は度たびゲエルと一しょにゲエルの属している倶楽部へ行き、愉快に一晩を暮らしました。それは一つにはその倶楽部はトックの属している超人倶楽部よりも遥かに居心の善か

った為です。
のみならず又ゲエルの話は哲学者のマッグのように深みを持っていなかったにせよ、僕には全然新らしい世界を、——広い世界を覗のかせました。ゲエルは、いつも純金の匙さじで珈琲カッフェの茶碗ちゃわんをかきまわしながら、快活にいろいろの話をしたものです。

何でも或霧の深い晩、僕は冬薔薇ふゆばらを盛った花瓶かびんを中にゲエルの話を聞いていました。それは確か部屋全体は勿論、椅子やテエブルも白い上に細い金の縁をとったセセッション風の部屋だったように覚えています。ゲエルはふだんよりも得意そうに顔中に微笑みなぎを漲らせたまま、丁度その頃天下を取っていた Quorax 党内閣のことなどを話しました。クオラックスと云う言葉は唯意味のない間投詞ですから、「おや」とでも訳す外はありません。が、兎に角何よりも先に「河童全体の利益」と云うことを標榜ひょうぼうしていた政党だったのです。

「クオラックス党を支配しているものは名高い政治家のロッペです。『正直は最良の外交である』とはビスマルク*の言った言葉でしょう。しかしロッペは正直を内治の上にも及ぼしているのです。……」

「けれどもロッペの演説は……」

「まあ、わたしの言うことをお聞きなさい。あの演説は勿論悉ことごとく譃うそです。が、譃と

と云うことは誰でも知っていますから、畢竟正直と変らないでしょう。それを一概に譴責と云うのはあなたがただけの偏見ですよ。我々河童はあなたがたのように、……しかしそれはどうでもよろしい。わたしの話したいのはロッペのことです。ロッペはクオラックス党を支配している、そのロッペを支配しているものは Pou-Fou 新聞の（この『プウ・フウ』と云う言葉もやはり意味のない間投詞です。若し強いて訳すれば、『ああ』とでも云う訣には行きません。クイクイを支配しているものはあなたの前にいる身の主人と云う訣には行きません。クイクイを支配しているものはあなたの前にいるゲエルです」

「けれども——これは失礼かも知れませんけれども、プウ・フウ新聞は労働者の味かたをする新聞でしょう。その社長のクイクイもあなたの支配を受けていると云うのは、……」

「プウ・フウ新聞の記者たちは勿論労働者の味かたです。しかし記者たちを支配するものはクイクイの外はありますまい。しかもクイクイはこのゲエルの後援を受けずにはいられないのです」

ゲエルは不相変微笑しながら、純金の匙をおもちゃにしています。僕はこう云うゲエルを見ると、ゲエル自身を憎むよりも、プウ・フウ新聞の記者たちに同情の起るの

を感じました。するとゲエルは僕の無言に忽ちこの同情を感じたと見え、大きい腹を膨ませてこう言うのです。

「何、プウ・フウ新聞の記者たちも全部労働者の味かたではありませんよ。少くとも我々河童と云うものは誰の味かたをするよりも先に我々自身の味かたをしますからね。……しかし更に厄介なことにはこのゲエル自身さえやはり他人の支配を受けているのです。あなたはそれを誰だと思いますか？　それはわたしの妻ですよ。美しいゲエル夫人ですよ」

ゲエルはおお声に笑いました。

「それは寧ろ仕合せでしょう」

「兎に角わたしは満足しています。しかしこれもあなたの前だけに、──河童でないあなたの前だけに手放しで吹聴出来るのです」

「するとつまりクオラックス内閣はゲエル夫人が支配しているのですね」

「さあそうも言われますかね。……しかし七年前の戦争などは確かに或雌の河童の為に始まったものに違いありません」

「戦争？　この国にも戦争はあったのですか？」

「ありましたとも。将来もいつあるかわかりません。何しろ隣国のある限りは、

「……」
　僕は実際この時始めて河童の国も国家的に孤立していないことを知りました。ゲエルの説明する所によれば、河童はいつも獺を仮設敵にしていると云うことです。しかも獺は河童に負けない軍備を具えていると云うことです。僕はこの獺を相手に河童の戦争した話に少からず興味を感じました。（何しろ河童の強敵に獺のいるなどと云うことは「水虎考略」の著者は勿論、「山島民譚集」の著者柳田国男さんさえ知らずにいたらしい新事実ですから）
「あの戦争の起る前には勿論両国とも油断せずにじっと相手を窺っていました。と云うのはどちらも同じように相手を恐怖していたからね。そこへこの国にいた獺が一匹、或は河童の夫婦を訪問しました。その又雌の河童と云うのは亭主を殺すつもりでいたのです。何しろ亭主は道楽者でしたからね。おまけに生命保険のついていたことも多少の誘惑になったかも知れません」
「あなたはその夫婦を御存じですか？」
「ええ、――いや、雄の河童だけは知っています。わたしの妻などはこの河童を悪人のように言っていますがね。しかしわたしに言わせれば、悪人よりも寧ろ雌の河童に摑まることを恐れている被害妄想の多い狂人です。……そこでその雌の河童は亭主の

ココアの茶碗の中へ青化加里を入れて置いたのです。それを又どう間違えたか、客の獺に飲ませてしまったのです。獺は勿論死んでしまいました。それから……」

「それから戦争になったのですか？」

「ええ、生憎その獺は勲章を持っていたものですからね」

「戦争はどちらの勝になったのですか？」

「勿論この国の勝になったのです。三十六万九千五百匹の河童たちはその為に健気にも戦死しました。しかし敵国に比べれば、その位の損害は何ともありません。この国にある毛皮と云う毛皮は大抵獺の毛皮です。わたしもあの戦争の時には硝子を製造する外にも石炭殻を戦地へ送りました」

「石炭殻を何にするのですか？」

「勿論食糧にするのです。我々河童は腹さえ減れば、何でも食うのにきまっています からね」

「それは――どうか怒らずに下さい。それは戦地にいる河童たちには……我々の国では醜聞ですがね」

「この国でも醜聞には違いありません。しかしわたし自身こう言っていれば、誰も醜聞にはしないものです。哲学者のマッグも言っているでしょう。『汝の悪は汝自ら言

え。悪はおのずから消滅すべし』……しかもわたしは利益の外にも愛国心に燃え立っていたのですからね」

丁度そこへはいって来たのはこの倶楽部の給仕です。給仕はゲエルにお時宜をした後、朗読でもするようにこう言いました。

「お宅のお隣に火事がございます」

「火――火事！」

ゲエルは驚いて立ち上りました。僕も立ち上ったのは勿論です。が、給仕は落ち着き払って次の言葉をつけ加えました。

「しかしもう消し止めました」

ゲエルは給仕を見送りながら、泣き笑いに近い表情をしました。僕はこう云う顔を見ると、いつかこの硝子会社の社長を憎んでいたことに気づきました。が、ゲエルはもう今では大資本家でも何でもない唯の河童になって立っているのです。僕は花瓶の中の冬薔薇の花を抜き、ゲエルの手へ渡しました。

「しかし火事は消えたと云っても、奥さんはさぞお驚きでしょう。さあ、これを持ってお帰りなさい」

「難有う」

ゲエルは僕の手を握りました。それから急ににやりと笑い、小声にこう僕に話しかけました。
「隣はわたしの家作ですからね。火災保険の金だけはとれるのですよ」
僕はこの時のゲエルの微笑を——軽蔑することも出来なければ、憎悪することも出来ないゲエルの微笑を未だにありありと覚えています。

　　　　　十

「どうしたね？　きょうは又妙にふさいでいるじゃないか？」
　その火事のあった翌日です。僕は巻煙草を啣えながら、僕の客間の椅子に腰をおろした学生のラップにこう言いました。実際又ラップは右の脚の上へ左の脚をのせたまま、腐った嘴も見えないほど、ぼんやり床の上ばかり見ていたのです。
「ラップ君、どうしたね」
「いや、何、つまらないことなのですよ。——」
　ラップはやっと頭を挙げ、悲しい鼻声を出しました。
「僕はきょう窓の外を見ながら、『おや虫取り菫が咲いた』と何気なしに呟いたので

す。すると僕の妹は急に顔色を変えたと思うと、『どうせわたしは虫取り菫よ』と当り散らすじゃありませんか？　おまけに又僕のおふくろも大の妹贔屓ですから、やはり僕に食ってかかるのです」
「虫取り菫が咲いたと云うことはどうして妹さんには不快なのだね？」
「さあ、多分雄の河童を攫まえると云う意味にでもとったのでしょう。そこへおふくろと仲悪い叔母も喧嘩の仲間入りをしたのですから、愈〻大騒動になってしまいました。しかも年中酔っ払っているおやじはこの喧嘩を聞きつけると、誰彼の差別なしに殴り出したのです。それだけでも始末のつかない所へ僕の弟はその間におふくろの財布を盗むが早いか、キネマか何かを見に行ってしまいました。僕は……ほんとうに僕はもう、……」
　ラップは両手に顔を埋め、何も言わずに泣いてしまいました。僕の同情したのは勿論です。同時に又家族制度に対する詩人のトックの軽蔑を思い出したのも勿論です。僕はラップの肩を叩き、一生懸命に慰めました。
「そんなことはどこでもあり勝ちだよ。まあ勇気を出し給え」
「しかし……しかし嘴でも腐っていなければ、……」
「それはあきらめる外はないさ。さあ、トック君の家へでも行こう」

「トックさんは僕を軽蔑しています。僕はトックさんのように大胆に家族を捨てることが出来ませんから」
「じゃクラバック君の家へ行こう」
　僕はあの音楽会以来、クラバックにも友だちになっていましたから、兎に角この大音楽家の家へラップをつれ出すことにしました。クラバックはトックに比べれば、遥かに贅沢に暮らしています。と云うのは資本家のゲエルのように暮らしていると云う意味ではありません。唯いろいろの骨董を、――タナグラの人形*やペルシアの陶器を部屋一ぱいに並べた中にトルコ風の長椅子を据え、クラバック自身の肖像画の下にいつも子供たちと遊んでいるのです。が、きょうはどうしたのか両腕を胸へ組んだまま、苦い顔をして坐っていました。のみならずその又足もとには紙屑が一面に散らばっていました。ラップも詩人のトックと一しょに度たびクラバックには会っている筈です。しかしこの容子に恐れたと見え、きょうは丁寧にお時宜をしたなり、黙って部屋の隅に腰をおろしました。
「どうしたね？　クラバック君」
　僕は殆ど挨拶の代りにこう大音楽家へ問いかけました。
「どうするものか？　批評家の阿呆め！　僕の抒情詩はトックの抒情詩と比べものに

ならないと言やがるんだ」
「しかし君は音楽家だし、……」
「それだけならば我慢も出来る。僕はロックに比べれば、音楽家の名に価しないと言やがるじゃないか？」

 ロックと云うのはクラバックと度たび比べられる音楽家です。が、生憎超人倶楽部の会員になっていない関係上、僕は一度も話したことはありません。尤も嘴の反り上った、一癖あるらしい顔だけは度たび写真でも見かけていました。
「ロックも天才には違いない。しかしロックの音楽は君の音楽に溢れている近代的情熱を持っていない」
「君はほんとうにそう思うか？」
「そう思うとも」

 するとクラバックは立ち上るが早いか、タナグラの人形をひっ摑み、いきなり床の上に叩きつけました。ラップは余程驚いたと見え、何か声を挙げて逃げようとしました。が、クラバックはラップや僕にちょっと「驚くな」と云う手真似をした上、今度は冷やかにこう言うのです。
「それは君も亦俗人のように耳を持っていないからだ。僕はロックを恐れている。

河童

109

「……」

「では何を恐れているのだ？」

「誰が謙遜家を気どるものか？　第一君たちに気どって見せる位ならば、批評家たちの前に気どって見せている。僕は——クラバックは天才だ。その点ではロックを恐れていない」

「君が？　謙遜家を気どるのはやめ給え」

「何か正体の知れないものを、——言わばロックを支配している星を」

「どうも僕には腑に落ちないがね」

「ではこう言えばわかるだろう。ロックは僕の影響を受けない。が、僕はいつの間にかロックの影響を受けてしまうのだ」

「それは君の感受性の……」

「まあ、聞き給え。感受性などの問題ではない。ロックはいつも安んじてあいつだけに出来る仕事をしている。しかし僕は苛ら苛らするのだ。それはロックの目から見れば、或は一歩の差かも知れない。けれども僕には十哩（マイル）も違うのだ」

「しかし先生の英雄曲は……」

クラバックは細い目を一層細め、忌々（いまいま）しそうにラップを睨（にら）みつけました。

「黙り給え。君などに何がわかる？　僕はロックを知っているのだ。ロックに平身低頭する犬どもよりもロックを知っているのだ」
「まあ少し静かにし給え」
「若し静かにしていられるならば、……僕はいつもこう思っている。――僕等の知らない何ものかは僕を、――クラバックを嘲る為にロックを僕の前に立たせたのだ。哲学者のマッグはこう云うことを何も彼も承知している。いつもあの色硝子のランタンの下に古ぼけた本ばかり読んでいる癖に」
「どうして？」
「この近頃マッグの書いた『阿呆の言葉』と云う本を見給え。――」
　クラバックは僕に一冊の本を渡す――と云うよりも投げつけました。それから又腕を組んだまま、突けんどんにこう言い放ちました。
「じゃきょうは失敬しよう」
　僕は悄気返ったラップと一しょにもう一度往来へ出ることにしました。人通りの多い往来は不相変毛生欅の並み木のかげにいろいろの店を並べています。僕等は何と云うこともなしに黙って歩いて行きました。するとそこへ通りかかったのは髪の長い詩人のトックです。トックは僕等の顔を見ると、腹の袋から手巾を出し、何度も額を拭

「やあ、暫らく会わなかったね」

うのだが、……」

僕はこの芸術家たちを喧嘩させては悪いと思い、クラバックの如何にも不機嫌だったことを婉曲にトックに話しました。

「そうか。じゃやめにしよう。何しろクラバックは神経衰弱だからね。……僕もこの二三週間は眠られないのに弱っているのだ」

「どうだね、僕等と一しょに散歩をしては？」

「いや、きょうはやめにしよう。おや！」

トックはこう叫ぶが早いか、しっかり僕の腕を摑みました。しかもいつか体中に冷や汗を流しているのです。

「どうしたのだ？」

「どうしたのです？」

「何、あの自動車の窓の中から緑いろの猿が一匹首を出したように見えたのだよ」

僕は多少心配になり、兎に角あの医者のチャックに診察して貰うように勧めました。しかしトックは何と言っても、承知する気色さえ見せません。のみならず何か疑わし

そうに僕等の顔を見比べながら、こんなことさえ言い出すのです。
「僕は決して無政府主義者ではないよ。それだけはきっと忘れずにいてくれ給え。
——ではさようなら。チャックなどは真平御免だ」
　僕等はぼんやり佇んだまま、トックの後ろ姿を見送っていました。僕等は——いや、
「僕等」ではありません。学生のラップはいつの間にか往来のまん中に脚をひろげ、
しっきりない自動車や人通りを股目金に逆まに覗いているのです。僕はこの河童も発狂した
かと思い、驚いてラップを引き起しました。
「常談じゃない。何をしている？」
　しかしラップは目をこすりながら、意外にも落ち着いて返事をしました。
「いえ、余り憂鬱ですから、逆まに世の中を眺めて見たのです。けれどもやはり同じ
ことですね」

　　　　　　十一

　　　　　　　　＊

　これは哲学者のマッグの書いた「阿呆の言葉」の中の何章かです。——

阿呆はいつも彼以外のものを阿呆であると信じている。

　　　　＊

我々の自然を愛するのは自然は我々を憎んだり嫉妬したりしない為もないことはない。

　　　　＊

最も賢い生活は一時代の習慣を軽蔑しながら、しかもその又習慣を少しも破らないように暮らすことである。

　　　　＊

我々の最も誇りたいものは我々の持っていないものだけである。

　　　　＊

何びとも偶像を破壊することに異存を持っているものはない。同時に又何びとも偶像になることに異存を持っているものはない。しかし偶像の台座の上に安んじて坐っていられるものは最も神々に恵まれたもの、――阿呆か、悪人か、英雄かである。
（クラバックはこの章の上へ爪の痕をつけていました）

　　　　＊

我々の生活に必要な思想は三千年前に尽きたかも知れない。我々は唯古い薪に新ら

しい炎を加えるだけであろう。

　　　　　*

我々の特色は我々自身の意識を超越するのを常としている。

　　　　　*

幸福は苦痛を伴い、平和は倦怠を伴うとすれば、――?

　　　　　*

自己を弁護することは他人を弁護することよりも困難である。疑うものは弁護士を見よ。

　　　　　*

矜誇、愛慾、疑惑――あらゆる罪は三千年来、この三者から発している。同時に又恐らくはあらゆる徳も。

　　　　　*

物質的欲望を減ずることは必ずしも平和を齎さない。我々は平和を得る為には精神的欲望も減じなければならぬ。（クラバックはこの章の上にも爪の痕を残していました）

　　　　　*

我々は人間よりも不幸である。人間は河童ほど進化していない。（僕はこの章を読

んだ時思わず笑ってしまいました）

　　　　　＊

　成すことは成し得ることであり、成し得ることは成すことである。——即ち不合理に終始している。畢竟我々の生活はこう云う循環論法を脱することは出来ない。——即ち不合理に終始している。

　　　　　＊

　ボオドレエルは白痴になった後、彼の人生観をたった一語に、——女陰の一語に表白した。しかし彼自身を語るものは必ずしもこう言ったことではない。寧ろ彼の天才に、——彼の生活を維持するに足る詩的天才に信頼した為に胃袋の一語を忘れたことである。（この章にもやはりクラバックの爪の痕は残っていました）

　　　　　＊

　若し理性に終始するとすれば、我々は当然我々自身の存在を否定しなければならぬ。理性を神にしたヴォルテエルの幸福に一生を了ったのは即ち人間の河童よりも進化していないことを示すものである。

十二

或る割り合に寒い午後です。僕は「阿呆の言葉」も読み飽きましたから、哲学者のマッグを尋ねに出かけました。すると或寂しい町の角に蚊のように痩せた河童が一匹、ぼんやり壁によりかかっていました。しかもそれは紛れもない、いつか僕の万年筆を盗んで行った河童なのです。僕はしめたと思いましたから、丁度そこへ通りかかった、逞しい巡査を呼びとめました。

「ちょっとあの河童を取り調べて下さい。あの河童は丁度一月ばかり前にわたしの万年筆を盗んだのですから」

巡査は右手の棒をあげ、(この国の巡査は剣の代りに水松の棒を持っているのです)「おい、君」とその河童へ声をかけました。僕は或はその河童は逃げ出しはしないかと思っていました。が、存外落ち着き払って巡査の前へ歩み寄りました。のみならず腕を組んだまま、如何にも傲然と僕の顔や巡査の顔をじろじろ見ているのです。しかし巡査は怒りもせず、腹の袋から手帳を出して早速尋問にとりかかりました。

「お前の名は？」

「グルック」
「職業は？」
「つい二三日前までは郵便配達夫をしていました」
「よろしい。そこでこの人の申し立てによれば、君はこの人の万年筆を盗んで行ったと云うことだがね」
「ええ、一月ばかり前に盗みました」
「何の為に？」
「子供の玩具にしようと思ったのです」
「その子供は？」
「一週間前に死んでしまいました」
巡査は始めて相手の河童へ鋭い目を注ぎました。
「死亡証明書を持っているかね？」
痩せた河童は腹の袋から一枚の紙をとり出しました。巡査はその紙へ目を通すと、急ににやにや笑いながら、相手の肩を叩きました。
「よろしい。どうも御苦労だったね」
僕は呆気にとられたまま、巡査の顔を眺めていました。しかもそのうちに痩せた河

童は何かぶつぶつ呟きながら、僕等を後ろにして行ってしまうのです。僕はやっと気をとり直し、こう巡査に尋ねて見ました。
「どうしてあの河童を攫まえないのです？」
「あの河童は無罪ですよ」
「しかし僕の万年筆を盗んだのは……」
「子供の玩具にする為だったのでしょう。けれどもその子供は死んでいるのです。若し何か御不審だったら、刑法千二百八十五条をお調べなさい」
巡査はこう言いすててたなり、さっさとどこかへ行ってしまいました。僕は仕かたがありませんから、「刑法千二百八十五条」を口の中に繰り返し、マッグの家へ急いで行きました。哲学者のマッグは客好きです。現にきょうも薄暗い部屋には裁判官のペップや医者のチャックや硝子会社の社長のゲエルなどが集り、七色の色硝子のランタアンの下に煙草の煙を立ち昇らせていました。そこに裁判官のペップが来ていたのは何よりも僕には好都合です。僕は椅子にかけるが早いか、刑法第千二百八十五条を検べる代りに早速ペップへ問いかけました。
「ペップ君、甚だ失礼ですが、この国では罪人を罰しないのですか？」
ペップは金口の煙草の煙をまず悠々と吹き上げてから、如何にもつまらなそうに返

事をしました。

「罰しますとも。死刑さえ行われる位ですからね」

しかし僕は一月ばかり前に、……」

僕は委細を話した後、例の刑法千二百八十五条のことを尋ねて見ました。——『如何なる犯罪を行いたりと雖も、該犯罪を行わしめたる事情の消失したる後は該犯罪者を処罰することを得ず』つまりあなたの場合で言えば、その河童は嘗ては親だったのですが、今はもう親ではありませんから、犯罪も自然と消滅するのです」

「それはどうも不合理ですね」

「常談を言ってはいけません。親だった河童も親である河童も同一に見ることになっているのですね。それはどうも我々には滑稽です。ふふふふふ、ふふふふふ」

ペップは巻煙草を抛り出しながら、気のない薄笑いを洩らしていました。そこへ口を出したのは法律には縁の遠いチャックです。チャックはちょっと鼻眼金を直し、こう僕に質問しました。

「日本にも死刑はありますか?」

「ありますとも。日本では絞罪です」

僕は冷然と構えこんだペップに多少反感を感じていましたから、この機会に皮肉を浴せてやりました。

「この国の死刑は日本よりも文明的に出来ているでしょうね？」

「それは勿論文明的です」

ペップはやはり落ち着いていました。

「この国では絞罪などは用いません。稀には電気を用いることもあります。しかし大抵は電気も用いません。唯その犯罪の名を言って聞かせるだけです」

「それだけで河童は死ぬのですか？」

「死にますとも。我々河童の神経作用はあなたがたのよりも微妙ですからね」

「それは死刑ばかりではありません。殺人にもその手を使うのがあります。——」

社長のゲエルは色硝子の光に顔中紫に染りながら、人懐つこい笑顔をして見せました。

「わたしはこの間も或社会主義者に『貴様は盗人だ』と言われた為に心臓痲痺を起しかかったものです」

「それは案外多いようですね。わたしの知っていた或弁護士などはやはりその為に死

んでしまったのですからね」

僕はこう口を入れた河童、——哲学者のマッグをふりかえりました。マッグはやはりいつものように皮肉な微笑を浮かべたまま、誰の顔も見ずにしゃべっているのです。

「その河童は誰かに蛙だと言われ、——勿論あなたも御承知でしょう、この国で蛙だと言われるのは人非人と云う意味になること位は。——己は蛙かな？　蛙ではないかな？　と毎日考えているうちにとうとう死んでしまったものです」

「それはつまり自殺ですね」

「尤もその河童を蛙だと言ったやつは殺すつもりで言ったのですがね。あなたがたの目から見れば、やはりそれも自殺と云う……」

丁度マッグがこう云った時です。突然その部屋の壁の向うに、——確かに詩人のトックの家に鋭いピストルの音が一発、空気を反え返えすように響き渡りました。

　　　　十三

僕等はトックの家へ駈けつけました。トックは右の手にピストルを握り、頭の皿から血を出したまま、高山植物の鉢植えの中に仰向けになって倒れていました。その又

側には雌の河童が一匹、トックの胸に顔を埋め、大声を挙げて泣いていました。僕は雌の河童を抱き起しながら、（一体僕はぬらぬらする河童の皮膚に手を触れることを余り好んではいないのですが）「どうしたのです？」と尋ねました。
「どうしたのだか、わかりません。唯何か書いていたと思うと、いきなりピストルで頭を打ったのです。ああ、わたしはどうしましょう？ qur-r-r-r, qur-r-r-r」(これは河童の泣き声です)
「何しろトック君は我儘だったからね」
硝子会社の社長のゲエルは悲しそうに頭を振りながら、裁判官のペップにこう言いました。しかしペップは何も言わずに金口の巻煙草に火をつけていました。すると今まで跪いて、トックの創口などを調べていたチャックは如何にも医者らしい態度をしたまま、僕等五人に宣言しました。（実は一人と四匹とです）
「もう駄目です。トック君は元来胃病でしたから、それだけでも憂鬱になり易かったのです」
「何か書いていたと云うことですが」
哲学者のマッグは弁解するようにこう独り語を洩らしながら、机の上の紙をとり上げました。僕等は皆頭をのばし、(尤も僕だけは例外です)幅の広いマッグの肩越し

に一枚の紙を覗きこみました。
「いざ、立ちて行かん。娑婆界を隔つる谷へ。
岩むらはこごしく、やま水は清く、
薬草の花はにほえる谷へ」

マッグは僕等をふり返りながら、微苦笑と一しょにこう言いました。
「これはゲエテの『ミニヨンの歌』の剽窃ですよ。するとトック君の自殺したのは詩人としても疲れていたのですね」

そこへ偶然自動車を乗りつけたのはあの音楽家のクラバックです。クラバックはこう云う光景を見ると、暫く戸口に佇んでいました。が、僕等の前へ歩み寄ると、怒鳴りつけるようにマッグに話しかけました。
「それはトックの遺言状ですか？」
「いや、最後に書いていた詩です」
「詩？」

やはり少しも騒がないマッグは髪を逆立てたクラバックにトックの詩稿を渡しました。クラバックはあたりには目もやらずに熱心にその詩稿を読み出しました。しかもマッグの言葉には殆ど返事さえしないのです。

「あなたはトック君の死をどう思いますか？」
「いざ、立ちて、……僕も亦いつ死ぬかわかりません。……娑婆界を隔つる谷へ。」
「しかしあなたはトック君とはやはり親友の一人だったのでしょう？」
「親友？　トックはいつも孤独だったのです。……娑婆界を隔つる谷へ、……唯トックは不幸にも、……岩むらはこごしく……」
「不幸にも？」
「やま水は清く、……あなたがたは幸福です。……岩むらはこごしく。……」
僕は未だに泣き声を絶たない雌の河童に同情しましたから、そっと肩を抱えるようにし、部屋の隅の長椅子へつれて行きました。そこには二歳か三歳かの河童が一匹、何も知らずに笑っているのです。僕は雌の河童の代りに子供の河童をあやしてやりました。するといつか僕の目にも涙のたまるのを感じました。僕が河童の国に住んでいるうちに涙を云うものをこぼしたのは前にも後にもこの時だけです。
「しかしこう云う我儘な河童と一しょになった家族は気の毒ですね」
「何しろあとのことも考えないのですから」
裁判官のペップは不相変、新しい巻煙草に火をつけながら、資本家のゲエルに返事

をしていました。すると僕等を驚かせたのは音楽家のクラバックのお声です。クラバックは詩稿を握ったまま、誰にともなしに呼びかけました。
「しめた！　すばらしい葬送曲が出来るぞ」
　クラバックは細い目を赫やかせたまま、ちょっとマッグの手を握ると、いきなり戸口へ飛んで行きました。勿論もうこの時には隣近所の河童が大勢、トックの家の戸口に集まり、珍らしそうに家の中を覗いているのです。しかしクラバックはこの河童たちを遮二無二左右へ押しのけるが早いか、ひらりと自動車へ飛び乗りました。同時に又自動車は爆音を立てて忽ちどこかへ行ってしまいました。
「こら、こら、そう覗いてはいかん」
　裁判官のペップは巡査の代りに大勢の河童を押し出した後、トックの家の戸をしめてしまいました。部屋の中はそのせいか急にひっそりなったものです。僕等はこう云う静かさの中に——高山植物の花の香に交ったトックの血の匂の中に後始末のことなどを相談しました。しかしあの哲学者のマッグだけはトックの死骸を眺めたまま、ぼんやり何か考えています。僕はマッグの肩を叩き、「何を考えているのです？」と尋ねました。
「河童の生活と云うものをね」

「河童の生活がどうなのです？」
「我々河童は何と云っても、河童の生活を完うする為には、⋯⋯マッグは多少差しそうにこう小声でつけ加えました。
「兎に角我々河童以外の何ものかの力を信ずることですね」

　　　　十四

　僕に宗教と云うものを思い出させたのはこう云うマッグの言葉です。僕は勿論物質主義者ですから、真面目に宗教を考えたことは一度もなかったのに違いありません。が、この時はトックの死に或感動を受けていた為に一体河童の宗教は何であるかと考え出したのです。僕は早速学生のラップにこの問題を尋ねて見ました。
「それは基督教、仏教、モハメット教、拝火教なども行われています。まず一番勢力のあるものは何と言っても近代教でしょう。生活教とも言いますがね」（「生活教」）
　と云う訳語は当っていないかも知れません。この原語は Quemoocha です。cha は英吉利語の ism と云う意味に当るでしょう。quemoo の原形 quemal の訳は単に「生きる」と云うよりも「飯を食ったり、酒を飲んだり、交合を行ったり」する意味

「じゃこの国にも教会だのの寺院だのはある訣なのだね？」
「冗談を言ってはいけません。近代教の大寺院などはこの国第一の大建築ですよ。ど
うです、ちょっと見物に行っては？」

或生温い曇天の午後、ラップは得々と僕と一しょにこの大寺院へ出かけました。
成程それはニコライ堂の十倍もある大建築です。のみならずあらゆる建築様式を一つ
に組み上げた大建築です。僕はこの大寺院の前に立ち、高い塔や円屋根を眺めた時、
何か無気味にさえ感じました。実際それ等は天に向って伸びた無数の触手のように見
えたものです。僕等は玄関の前に佇んだまま、（その又玄関に比べて見ても、どの位
僕等は小さかったでしょう！）暫らくこの建築よりも寧ろ途方もない怪物に近い稀代
の大寺院を見上げていました。
大寺院の内部も亦広大です。そのコリント風の円柱の立った中には参詣人が何人も
歩いていました。しかしそれ等は僕等のように非常に小さく見えたものです。そのう
ちに僕等は腰の曲った一匹の河童に出合いました。するとラップはこの河童にちょっ
と頭を下げた上、丁寧にこう話しかけました。
「長老、御達者なのは何よりもです」

相手の河童もお時宜をした後、やはり丁寧に返事をしました。
「これはラップさんですか？　あなたも不相変、——（と言いかけながら、ちょっと言葉をつがなかったのはラップの嘴の腐っているのにやっと気がついた為だったでしょう）——ああ、兎に角御丈夫らしいようですね。が、きょうはどうして又……」
「きょうはこの方のお伴をして来たのです。この方は多分御承知の通り、——」
　それからラップは滔々と僕のことを話しました。どうも又それはこの大寺院へラップが滅多に来ないことの弁解にもなっていたらしいのです。
「就いてはどうかこの方の御案内を願いたいと思うのですが」
　長老は大様に微笑しながら、まず僕に挨拶をし、静かに正面の祭壇を指さしました。
「御案内と申しても、何も御役に立つことは出来ません。我々信徒の礼拝するのは正面の祭壇にある『生命の樹』です。『生命の樹』には御覧の通り、金と緑との果がなっています。あの金の果を『善の果』と云い、あの緑の果を『悪の果』と云います。……」
　僕はこう云う説明のうちにもう退屈を感じ出しました。それは折角の長老の言葉も古い比喩のように聞えたからです。僕は勿論熱心に聞いている容子を装っていましたが、時々は大寺院の内部へそっと目をやるのを忘れずにいました。

コリント風の柱、ゴシク風の穹窿、アラビアじみた市松模様の床、セセッション紛いの祈禱机、——こう云うものの作っている調和は妙に野蛮な美を具えていました。しかし僕の目を惹いたのは何よりも両側の龕の中にある大理石の半身像です。僕は何かそれ等の像を見知っているように思いました。それも亦不思議ではありません。あの腰の曲った河童は「生命の樹」の説明を了ると、今度は僕やラップと一しょに右側の龕の前へ歩み寄り、その龕の中の半身像にこう云う説明を加え出しました。
「これは我々の聖徒の一人、——あらゆるものに反逆した聖徒ストリントベリイです。この聖徒はさんざん苦しんだ揚句、スウェデンボルグの哲学の為に救われたように言われています。が、実は救われなかったのです。この聖徒は唯我々のように生活教を信じていました。——と云うよりも信じる外はなかったのでしょう。この聖徒の我々に残した『伝説』と云う本を読んで御覧なさい。この聖徒も自殺未遂者だったことは聖徒自身告白しています」

僕はちょっと憂鬱になり、次の龕へ目をやりました。次の龕にある半身像は口髭の太い独逸人です。
「これはツァラトストラの詩人ニイチェです。その聖徒は聖徒自身の造った超人に救いを求めました。が、やはり救われずに気違いになってしまったのです。若し気違い

にならなかったとすれば、或は聖徒の数へはいることも出来なかったかも知れません。

長老はちょっと黙った後、第三の龕の前へ案内しました。
「三番目にあるのはトルストイです。この聖徒は誰よりも苦行をしました。それは元来貴族だった為に好奇心の多い公衆に苦しみを見せることを嫌ったからです。この聖徒は事実上信ぜられない基督を信じようと努力しました。いや、信じているようにさえ公言したこともあったのです。しかしとうとう晩年には悲壮な譃をついたことに堪えられないようになりました。この聖徒も時々書斎の梁に恐怖を感じたのは有名です。けれども聖徒の数にはいっている位ですから、勿論自殺したのではありません」

第四の龕の中の半身像は我々日本人の一人です。僕はこの日本人の顔を見た時、さすがに懐しさを感じました。
「これは国木田独歩です。轢死する人足の心もちをはっきり知っていた詩人です。しかしそれ以上の説明はあなたには不必要に違いありません。では五番目の龕の中を御覧下さい。——」
「これはワグネルではありませんか？」
「そうです。国王の友だちだった革命家です。聖徒ワグネルは晩年には食前の祈禱さ

僕等はもうその時には第六の龕の前に立っていました。
「これは聖徒ストリントベリイの友だちです。子供の大勢ある細君の代りに十三四のタイティの女を娶った商売人上りの仏蘭西の画家です。この聖徒は太い血管の中に水夫の血を流していました。が、唇を御覧なさい。砒素か何かの痕が残っています。第七の龕の中にあるのは……もうあなたはお疲れでしょう。ではどうかこちらへお出で下さい」

僕は実際疲れていましたから、ラップと一しょに長老に従い、香の匂のする廊下伝いに或部屋へはいりました。その又小さい部屋の隅には黒いヴェヌスの像の下に山葡萄が一ふさ献じてあるのです。僕は何の装飾もない僧房を想像していただけにちょっと意外に感じました。すると長老は僕の容子にこう云う気もちを感じたと見え、僕等に椅子を薦める前に半ば気の毒そうに説明しました。
「どうか我々の宗教の生活教であることを忘れずに下さい。我々の神、——『生命の樹』の教えは『旺盛に生きよ』と云うのですから。……ラップさん、あなたはこの

「たに我々の聖書を御覧に入れましたか？」
「いえ、……実はわたし自身も殆ど読んだことはないのです」
ラップは頭の皿を掻きながら、正直にこう返事をしました。が、長老は不相変静かに微笑して話しつづけました。
「それではおわかりなりますまい。我々の神は一日のうちにこの世界を造りました。《生命の樹》は樹と云うものの、成し能わないことはないのです）のみならず雌の河童を造りました。すると雌の河童は退屈の余り、雄の河童を求めました。我々の神はこの歎きを憐み、雌の河童の脳髄を取り、雄の河童を造りました。我々の神はこの二匹の河童に『食えよ、交合せよ、旺盛に生きよ』と云う祝福を与えました。……」
僕は長老の言葉のうちに詩人のトックを思い出しました。詩人のトックは不幸にも僕のように無神論者です。僕は河童ではありませんから、生活教を知らなかったのも無理はありません。けれども河童の国に生まれたトックは勿論「生命の樹」を知っていた筈です。僕はこの教えに従わなかったトックの最後を憐みましたから、長老の言葉を遮るようにトックのことを話し出しました。
「ああ、あの気の毒な詩人ですね」
長老は僕の話を聞き、深い息を洩らしました。

「我々の運命を定めるものは信仰と境遇と偶然とだけです。（尤もあなたがたはその外に遺伝をお数えなさるでしょう）トックさんは不幸にも信仰をお持ちにならなかったのです」
「トックはあなたを羨んでいたでしょう。いや、僕も羨んでいます。ラップ君などは年も若いし、……」
「僕も嘴さえちゃんとしていれば或は楽天的だったかも知れません」
長老は僕等にこう言われると、もう一度深い息を洩らしました。しかもその目は涙ぐんだまま、じっと黒いヴェヌスを見つめているのです。
「わたしも実は、――これはわたしの秘密ですから、どうか誰にも仰有らずに下さい。――わたしも実は我々の神を信ずる訣に行かないのです。しかしいつかわたしの祈禱は、――」

丁度長老のこう言った時です。突然部屋の戸があいたと思うと、大きい雌の河童が一匹、いきなり長老へ飛びかかりました。僕等がこの雌の河童を抱きとめようとしたのは勿論です。が、雌の河童は咄嗟の間に床の上へ長老を投げ倒しました。
「この爺め！　きょうも又わたしの財布から一杯やる金を盗んで行ったな！」
十分ばかりたった後、僕等は実際逃げ出さないばかりに長老夫婦をあとに残し、大

寺院の玄関を下りて行きました。
「あれではあの長老も『生命の樹』を信じない筈ですね」
暫く黙って歩いた後、ラップは僕にこう言いました。が、僕は返事をするよりも思わず大寺院を振り返りました。大寺院はどんより曇った空にやはり高い塔や円屋根を無数の触手のように伸ばしています。何か沙漠の空に見える蜃気楼の無気味さを漂わせたまま。……

　　　　　　十五

　それからかれこれ一週間の後、僕はふと医者のチャックに珍らしい話を聞きました。と云うのはあのトックの家に幽霊の出るという話なのです。その頃にはもう雌の河童はどこか外へ行ってしまい、僕等の友だちの詩人の家も写真師のステュディオに変っていました。何でもチャックの話によれば、このステュディオでは写真をとると、トックの姿がいつの間にか必ず朦朧と客の後ろに映っているとか云うことです。尤もチャックは物質主義者ですから、死後の生命などを信じていません。現にその話をした時にも悪意のある微笑を浮べながら、「やはり霊魂と云うものも物質的存在と見えま

すね」などと註釈めいたことをつけ加えていました。僕も幽霊を信じないことはチャックと余り変りません。けれども詩人のトックには親しみを感じていましたから、早速本屋の店へ駈けつけ、トックの幽霊に関する記事やトックの幽霊の出ている新聞や雑誌を買って来ました。成程それ等の写真を見ると、どこかトックらしい河童が一匹、老若男女の河童の後ろにぼんやりと姿を現していました。しかし僕を驚かせたのはトックの幽霊の写真よりもトックの幽霊に関する記事、——殊にトックの幽霊に関する心霊学協会の報告です。僕は可也逐語的にその報告を訳して置きましたから、下に大略を掲げることにしましょう。但し括弧の中にあるのは僕自身の加えた註釈なのです。——

　　詩人トック君の幽霊に関する報告。（心霊学協会雑誌第八千二百七十四号所載）

　わが心霊学協会は先般自殺したる詩人トック君の旧居にして現在は××写真師のステュディオなる□□街第二百五十一号に臨時調査会を開催せり。列席せる会員は下の如し。（氏名を略す）

　我等十七名の会員は心霊学協会々長ペック氏と共に九月十七日午前十時三十分、我等の最も信頼するメディアム、ホップ夫人を同伴し、該ステュディオの一室に参集せり。ホップ夫人は該ステュディオに入るや、既に心霊的空気を感じ、全身に痙攣を催

しつつ、嘔吐すること数回に及べり。夫人の語る所によれば、こは詩人トック君の強烈なる煙草を愛したる結果、その心霊的空気も亦ニコチンを含有する為なりと云う。我等会員はホップ夫人と共に円卓を続りて黙坐したり。夫人は三分二十五秒の後、極めて急劇なる夢遊状態に陥り、且詩人トック君の心霊の憑依する所となれり。我等会員は年齢順に従い、夫人に憑依せるトック君の心霊と左の如く問答を開始したり。

問　君は何故に幽霊に出ずるか？
答　死後の名声を知らんが為なり。
問　君——或いは心霊諸君は死後も尚名声を欲するや？
答　少くとも予は欲せざる能わず。然れども予の邂逅したる日本の一詩人の如きは死後の名声を軽蔑しいたり。
問　君はその詩人の姓名を知れりや？
答　予は不幸にも忘れたり。唯彼の好んで作れる十七字詩*の一章を記憶するのみ。
問　その詩は如何？
答　「古池や蛙飛びこむ水の音」。
問　君はその詩を佳作なりと做すや？
答　予は必しも悪作なりと做さず。唯「蛙」を「河童」とせん乎、更に光彩陸離*た

るべし。

　問　然らばその理由は如何？
　答　我等河童は如何なる芸術にも河童を求むること痛切なればなり。

会長ペック氏はこの時に当り、我等十七名の会員にこは心霊学協会の臨時調査会にして合評会にあらざるを注意したり。

　問　心霊諸君の生活は如何？
　答　諸君の生活と異ること無し。
　問　然らば君は君自身の自殺せしを後悔するや？
　答　必しも後悔せず。予は心霊的生活に倦まば、更にピストルを取りて自活すべし。
　問　自活するは容易なりや否や？

トック君の心霊はこの問に答うるに更に問を以てしたり。こはトック君を知れるものには頗る自然なる応酬なるべし。

　答　自殺するは容易なりや否や？
　問　諸君の生命は永遠なりや否や？
　答　我等の生命に関しては諸説紛々として信ずべからず。幸いに我等の間にも基督教、仏教、モハメット教、拝火教等の諸宗あることを忘るる勿れ。

問　君自身の信ずる所は？
答　予は常に懐疑主義者なり。
問　然れども君は少くとも心霊の存在を疑わざるべし。
答　諸君の如く確く確信する能わず。
問　君の交友の多少は如何？
答　予の交友は古今東西に亘り、三百人を下らざるべし。その著名なるものを挙ぐれば、クライスト、マインレンデル、ワイニンゲル、……
問　君の交友は自殺者のみなりや？
答　必しも然りとせず。自殺を弁護せるモンテエニュの如きは予が畏友の一人なり。唯予は自殺せざりし厭世主義者、――ショオペンハウエルの輩とは交際せず。
問　ショオペンハウエルは健在なりや？
答　彼は目下心霊的厭世主義を樹立し、自活する可否を論じつつあり。然れどもコレラも黴菌病なりしを知り、頗る安堵せるものの如し。
我等会員は相次いでナポレオン、孔子、ドストエフスキイ、ダアウィン、クレオパトラ、釈迦、デモステネス、ダンテ、千の利休等の心霊の消息を質問したり。然れどもトック君は不幸にも詳細に答うることを做さず、反ってトック君自身に関する種々

のゴシップを質問したり。

問　予の死後の名声は如何？

答　或批評家は「群小詩人の一人」と言えり。

問　彼は予が詩集を贈らざりしに怨恨を含める一人なるべし。予の全集は出版せられしや？

答　君の全集は出版せられたれども、売行甚だ振わざるが如し。——即ち著作権の失われたる後、万人の購う所となるべし。

問　予の同棲せる女友だちは如何？

答　彼女は書肆ラック君の夫人となれり。

問　彼女は未だ不幸にもラックの義眼なるを知らざるなるべし。予が子は如何？

答　国立孤児院にありと聞けり。

問　トック君は如何？

答　トック君は暫く沈黙せる後、新たに質問を開始したり。

問　予が家は如何？

答　某写真師のステュディオとなれり。

問　予の机は如何なれるか？

答　如何なれるかを知るものなし。

問　予は諸君の抽斗に予の秘蔵せる一束の手紙を――然れどもこは幸いにも多忙なる諸君の関する所にあらず。今やわが心霊界は徐に薄暮に沈まんとす。予は諸君と訣別すべし。さらば。諸君。さらば。わが善良なる諸君。

ホップ夫人は最後の言葉と共に再び急劇に覚醒したり。我等十七名の会員はこの問答の真なりしことを上天の神に誓って保証せんとす。（尚又我等の信頼するホップ夫人に対する報酬は嘗て夫人が女優たりし時の日当に従いて支弁したり）

　　　　十六

僕はこう云う記事を読んだ後、だんだんこの国にいることも憂鬱になって来ましたから、どうか我々人間の国へ帰ることにしたいと思いました。しかしいくら探して歩いても、僕の落ちた穴は見つかりません。そのうちにあのバッグと云う漁師の河童の話には、何でもこの国の街はずれに或年をとった河童が一匹、本を読んだり、笛を吹いたり、静かに暮らしていると云うことです。僕はこの河童に尋ねて見れば、或はこの国を逃げ出す途もわかりはしないかと思いましたから、早速街はずれへ出かけて行きました。しかしそこへ行って見ると、如何にも小さい家の中に年をとった河童ど

ろか、頭の皿も固まらない、やっと十二三の河童が一匹、悠々と笛を吹いていました。僕は勿論間違った家へはいったではないかと思いました。が、念の為に名をきいて見ると、やはりバッグの教えてくれた年よりの河童に違いないのです。

「しかしあなたは子供のようですが……」

「お前さんはまだ知らないのかい？　わたしはどう云う運命か、母親の腹を出た時は白髪頭をしていたのだよ。それからだんだん年が若くなり、今ではこんな子供になったのだよ。けれども年を勘定すれば、生まれる前を六十としても、かれこれ百十五六にはなるかも知れない」

僕は部屋の中を見まわしました。そこには僕の気のせいか、質素な椅子やテエブルの間に何か清らかな幸福が漂っているように見えるのです。

「あなたはどうもほかの河童よりも仕合せに暮らしているようですね？」

「さあ、それはそうかも知れない。わたしは若い時は年よりだったし、年をとった時は若いものになっている。従って年よりのように慾にも渇かず、若いものにように色にも溺れない。兎に角わたしの生涯はたとい仕合せではないにもしろ、安らかだったのには違いあるまい」

「成程それでは安らかでしょう」

「いや、まだそれだけでは安らかにはならない。わたしは体も丈夫だったし、一生食うに困らぬ位の財産を持っていたのだよ。しかし一番仕合せだったのはやはり生まれて来た時に年よりだったことだと思っている」
　僕は暫くこの河童と自殺したトックの話だの毎日医者に見て貰っているゲエルの話だのをしていました。が、なぜか年をとった河童は余り僕の話などに興味のないような顔をしていました。
「ではあなたはほかの河童のように格別生きていることに執着を持ってはいないのですね？」
　年をとった河童は僕の顔を見ながら、静かにこう返事をしました。
「わたしもほかの河童のようにこの国へ生まれて来るかどうか、一応父親に尋ねられてから母親の胎内を離れたのだよ」
「しかし僕はふとした拍子に、この国へ転げ落ちてしまったのです。どうか僕にこの国から出て行かれる路を教えて下さい」
「出て行かれる路は一つしかない」
「と云うのは？」
「それはお前さんのここへ来た路だ」

僕はこの答を聞いた時になぜか身の毛がよだちました。
「その路が生憎見つからないのです」
年をとった河童は水々しい目にじっと僕の顔を見つめました。それからやっと体を起し、部屋の隅へ歩み寄ると、天井からそこに下っていた一本の綱を引きました。すると今まで気のつかなかった天窓が一つ開きました。その又円い天窓の外には松や檜が枝を張った向うに大空が青あおと晴れ渡っています。いや、大きい鏃に似た槍ヶ岳の峯も聳えています。僕は飛行機を見た子供のように実際飛び上って喜びました。
「さあ、あすこから出て行くが好い」
年をとった河童はこう言いながら、さっきの綱を指さしました。今まで僕の綱と思っていたのは実は綱梯子に出来ていたのです。
「ではあすこから出さして貰います」
「唯わたしは前以て言うがね。出て行って後悔しないように」
「大丈夫です。僕は後悔などはしません」
僕はこう返事をするが早いか、もう綱梯子を攀じ登っていました。年をとった河童の頭の皿を遥か下に眺めながら。

十七

僕は河童の国から帰って来た後、暫くは我々人間の皮膚の匂に閉口しました。我々人間に比べれば、河童は実に清潔なものです。のみならず我々人間の頭は河童ばかり見ていた僕には如何にも気味の悪いものに見えました。これは或はあなたにはおわかりにならないかも知れません。しかし目や口は兎も角、この鼻と云うものは妙に恐しい気を起させるものです。僕は勿論出来るだけ、誰にも会わない算段をしました。が、我々人間にもいつか次第に慣れ出したと見え、半年ばかりたつうちにどこへでも出るようになりました。唯それでも困ったことは何か話をしているうちにうっかり河童の国の言葉を口に出してしまうことです。

「君はあしたは家にいるかね?」

「Qua」

「何だって?」

「いや、いると云うことだよ」

大体こう云う調子だったものです。

しかし河童の国から帰って来た後、丁度一年ほどたった時、僕は或事業の失敗した為に……

（S博士は彼がこう言った時、「その話はおよしなさい」と注意をした。何でも博士の話によれば、彼はこの話をする度に看護人の手にも了えない位、乱暴になるとか云うことである）

ではその話はやめましょう。そうです。しかし或事業の失敗した為に僕は又河童の国へ帰りたいと思い出したのです。「行きたい」のではありません。「帰りたい」と思い出したのです。河童の国は当時の僕には故郷のように感ぜられましたから。

僕はそっと家を脱け出し、中央線の汽車へ乗ろうとしました。そこを生憎巡査につかまり、とうとう病院へ入れられたのです。僕はこの病院へはいった当座も河童の国のことを想いつづけました。医者のチャックはどうしているでしょう？　哲学者のマッグも不相変七色の色硝子のランタアンの下に何か考えているかも知れません。殊に僕の親友だった、嘴の腐った学生のラップは、──或きょうのように曇った午後です。こんな追憶に耽っていた僕は思わず声を挙げようとしました。それはいつの間にはいって来たか、バッグと云う漁師の河童が一匹、僕の前に佇みながら、何度も頭を下げていたからです。僕は心をとり直した後、──泣いたか笑ったかも覚えていません。

が、兎に角久しぶりに河童の国の言葉を使うことに感動していたことは確かです。
「おい、バッグ、どうして来た？」
「へい、お見舞いに上ったのです。何でも御病気だとか云うことですから」
「どうしてそんなことを知っている？」
「ラディオのニウスで知ったのです」
バッグは得意そうに笑っているのです。
「それにしてもよく来られたね？」
「何、造作はありません。東京の川や堀割りは河童には往来も同様ですから」
僕は河童も蛙のように水陸両棲の動物だったことに今更のように気がつきました。
「しかしこの辺には川はないがね」
「いえ、こちらへ上ったのは水道の鉄管を抜けて来たのです。それからちょっと消火栓をあけて……」
「消火栓をあけて？」
「檀那はお忘れなすったのですか？　河童にも機械屋のいると云うことを」
それから僕は二三日毎にいろいろの河童の訪問を受けました。僕の病はS博士によれば早発性痴呆症と云うことです。しかしあの医者のチャックは（これは甚だあなた

にも失礼に当るのに違いありません）僕は早発性痴呆症患者ではない、早発性痴呆症患者はＳ博士を始め、あなたがた自身だと言っていました。医者のチャックも来る位ですから、学生のラップや哲学者のマッグの見舞いに来たことは勿論です。が、あの漁師のバッグの外に昼間は誰も尋ねて来ません。殊に二三匹一しょに来るのは夜、あれもゆうべは月明りの中に硝子会社の社長のゲエルや哲学者のマッグと話をしました。のみならず音楽家のクラバックも月明りの中にヴァイオリンを一曲弾いて貰いました。そら、向うの机の上に黒百合の花束がのっているでしょう？あれもゆうべクラバックが土産に持って来てくれたものです。……
（僕は後うしろを振り返って見た。が、勿論机の上には花束も何ものっていなかった）
それからこの本も哲学者のマッグがわざわざ持って来てくれたものです。ちょっと最初の詩を読んで御覧なさい。いや、あなたは河童の国の言葉を御存知になる筈はありません。では代りに読んで見ましょう。これは近頃出版になったトックの全集の一冊です。──

　　──椰子やしの花や竹の中に

（彼は古い電話帳をひろげ、こう云う詩をおお声に読みはじめた）

仏陀はとうに眠っている。
路ばたに枯れた無花果と一しょに
基督ももう死んだらしい。

しかし我々は休まなければならぬ
たとい芝居の背景の前にも。

（その又背景の裏を見れば、継ぎはぎだらけのカンヴァスばかりだ！）――

　けれども僕はこの詩人のように厭世的ではありません。あなたは僕の友だちだった裁判官のペップを覚えているでしょう。あの河童は職を失った後、ほんとうに発狂してしまいました。何でも今は河童の国の精神病院にいると云うことです。僕はS博士さえ承知してくれれば、見舞いに行ってやりたいのですがね……

（昭和二・二・十一）

或阿呆の一生

僕はこの原稿を発表する可否は勿論、発表する時や機関も君に一任したいと思っている。
君はこの原稿の中に出て来る大抵の人物を知っているだろう。しかし僕は発表するとしても、インデキスをつけずに貰いたいと思っている。

僕は今最も不幸な幸福の中に暮らしている。しかし不思議にも後悔していない。唯僕の如き悪夫、悪子、悪親を持ったものたちを如何にも気の毒に感じている。ではさようなら。僕はこの原稿の中では少くとも意識的には自己弁護をしなかったつもりだ。

最後に僕のこの原稿を特に君に托するのは君の恐らくは誰よりも僕を知っていると思うからだ。(都会人と云う僕の皮を剝ぎさえすれば)どうかこの原稿の中に僕の阿呆さ加減を笑ってくれ給え。

昭和二年六月二十日

久米正雄君

芥川龍之介

一　時　代

それは或本屋の二階だった。二十歳の彼は書棚にかけた西洋風の梯子に登り、新らしい本を探していた。モオパスサン、ボオドレエル、ストリントベリイ、イブセン、ショオ、トルストイ、……

そのうちに日の暮は迫り出した。しかし彼は熱心に本の背文字を読みつづけた。そこに並んでいるのは本というよりも寧ろ世紀末それ自身だった。ニイチェ、ヴェルレエン、ゴンクウル兄弟、ダスタエフスキイ、ハウプトマン、フロオベエル、……

彼は薄暗がりと戦いながら、彼等の名前を数えて行った。が、本はおのずからもの憂い影の中に沈みはじめた。彼はとうとう根気も尽き、西洋風の梯子を下りようとした。すると傘のない電燈が一つ、丁度彼の額の上に突然ぽかりと火をともした。彼は梯子の上に佇んだまま、本の間に動いている店員や客を見下した。彼等は妙に小さかった。のみならず如何にも見すぼらしかった。

「人生は一行のボオドレエルにも若かない」

彼は暫く梯子の上からこう云う彼等を見渡していた。……

二　母

狂人たちは皆同じように鼠色の着物を着せられていた。広い部屋はその為に一層憂鬱に見えるらしかった。彼等の一人はオルガンに向い、熱心に讃美歌を弾きつづけていた。同時に又彼等の一人は丁度部屋のまん中に立ち、踊ると云うよりも跳ねまわっていた。

彼は血色の善い医者と一しょにこう云う光景を眺めていた。彼の母も十年前には少しも彼等と変らなかった。少しも、――彼は実際彼等の臭気に彼の母の臭気を感じた。

「じゃ行こうか？」

医者は彼の先に立ちながら、廊下伝いに或部屋へ行った。その部屋の隅にはアルコオルを満した、大きい硝子の壺の中に脳髄が幾つも漬っていた。彼は或脳髄の上にかすかに白いものを発見した。それは丁度卵の白味をちょっと滴らしたのに近いものだった。彼は医者と立ち話をしながら、もう一度彼の母を思い出した。

「この脳髄を持っていた男は××電燈会社の技師だったがね。いつも自分を黒光りのする、大きいダイナモだと思っていたよ」

彼は医者の目を避ける為に硝子窓の外を眺めていた。そこには空き鑵の破片を植えた煉瓦塀の外に何もなかった。しかしそれは薄い苔をまだらにぼんやりと白らませていた。

三　家

彼は或郊外の二階の部屋に寝起きしていた。
それは地盤の緩い為に妙に傾いた二階だった。
彼の伯母はこの二階に度たび彼と喧嘩をした。彼の養父母の仲裁を受けることもないことはなかった。しかし彼は彼の伯母に誰よりも愛を感じていた。一生独身だった彼の伯母はもう彼の二十歳の時にも六十に近い年よりだった。
彼は或郊外の二階に何度も互に愛し合うものは苦しめ合うのかを考えたりした。その間も何か気味の悪い二階の傾きを感じながら。

四　東　京

隅田川はどんより曇っていた。彼は走っている小蒸汽の窓から向う島の桜を眺めていた。花を盛った桜は彼の目には一列の襤褸のように憂鬱だった。が、彼はその桜に、——江戸以来の向う島の桜にいつか彼自身を見出していた。

五　我

彼は彼の先輩と一しょに或カッフェの卓子に向い、絶えず巻煙草をふかしていた。彼は余り口をきかなかった。が、彼の先輩の言葉には熱心に耳を傾けていた。
「きょうは半日自動車に乗っていた」
「何か用があったのですか？」
彼の先輩は頬杖をしたまま、極めて無造作に返事をした。
「何、唯乗っていたかったから」

その言葉は彼の知らない世界へ、——神々に近い「我」の世界へ彼自身を解放した。彼は何か痛みを感じた。が、同時に又歓びも感じた。……そのカッフェは極小さかった。しかしパンの神の額の下には赭い鉢に植えたゴムの樹が一本、肉の厚い葉をだらりと垂らしていた。

　　六　病

　彼は絶え間ない潮風の中に大きい英吉利語の辞書をひろげ、指先に言葉を探していた。

　Talaria　翼の生えた靴、或はサンダアル。
　Tale　話。
　Talipot　東印度に産する椰子。幹は五十呎より百呎の高さに至り、葉は傘、扇、帽等に用いらる。七十年に一度花を開く。

　彼の想像ははっきりとこの椰子の花を描き出した。すると彼は喉もとに今までに知らない痒さを感じ、思わず辞書の上に咳を落した。咳を？――しかしそれは咳ではなかった。彼は短い命を思い、もう一度この椰子の花を想像した。この遠い海の向うに

高だかと聳えている椰子の花を。

七　画

彼は突然、——それは実際突然だった。彼は或本屋の店先に立ち、ゴオグの画集を見ているうちに突然画と云うものを了解した。勿論そのゴオグの画集は写真版だったのに違いなかった。が、彼は写真版の中にも鮮かに浮かび上る自然を感じた。

この画に対する情熱は彼の視野を新たにした。彼はいつか木の枝のうねりや女の頬の膨らみに絶え間ない注意を配り出した。

或雨を持った秋の日の暮、彼は或郊外のガアドの下を通りかかった。ガアドの向うの土手の下には荷馬車が一台止まっていた。彼はそこを通りながら、誰か前にこの道を通ったもののあるのを感じ出した。誰か？——それは彼自身に今更問いかける必要もなかった。

二十三歳の彼の心の中には耳を切った和蘭人が一人、長いパイプを啣えたまま、この憂鬱な風景画の上へじっと鋭い目を注いでいた。……

八　火　花

彼は雨に濡れたまま、アスファルトの上を踏んで行った。雨は可也烈しかった。彼は水沫の満ちた中にゴム引の外套の匂を感じた。

すると目の前の架空線が一本、紫いろの火花を発していた。彼は妙に感動した。彼の上着のポケットは彼等の同人雑誌へ発表する彼の原稿を隠していた。彼は雨の中を歩きながら、もう一度後ろの架空線を見上げた。

架空線は不相変鋭い火花を放っていた。彼は人生を見渡しても、何も特に欲しいものはなかった。が、この紫色の火花だけは、――凄まじい空中の火花だけは命と取り換えてもつかまえたかった。

九　死　体

死体は皆親指に針金のついた札をぶら下げていた。その又札は名前だの年齢だのを記していた。彼の友だちは腰をかがめ、器用にメスを動かしながら、或死体の顔の皮

を剝ぎはじめた。皮の下に広がっているのは美しい黄色の脂肪だった。
　彼はその死体を眺めていた。それは彼には或短篇を、——王朝時代に背景を求めた或短篇を仕上げる為に必要だったのに違いなかった。が、腐敗した杏の匂に近い死体の臭気は不快だった。彼の友だちは眉間をひそめ、静かにメスを動かして行った。
「この頃は死体も不足してね」
　彼の友だちはこう言っていた。すると彼はいつの間にか彼の答を用意していた。
　——「己は死体に不足すれば、何の悪意もなしに人殺しをするがね」しかし勿論彼の答は心の中にあっただけだった。

　　　十　先　生

　彼は大きい檞の木の下に先生の本を読んでいた。檞の木は秋の日の光の中に一枚の葉さえ動さなかった。どこか遠い空中に硝子の皿を垂れた秤が一つ、丁度平衡を保っている。——彼は先生の本を読みながら、こう云う光景を感じていた。……

十一　夜明け

夜は次第に明けて行った。彼はいつか或町の角に広い市場を見渡していた。市場に群った人々や車はいずれも薔薇色に染まり出した。

彼は一本の巻煙草に火をつけ、静かに市場の中へ進んで行った。するとか細い黒犬が一匹、いきなり彼に吠えかかった。が、彼は驚かなかった。のみならずその犬さえ愛していた。

市場のまん中には篠懸が一本、四方へ枝をひろげていた。彼はその根もとに立ち、枝越しに高い空を見上げた。空には丁度彼の真上に星が一つ輝いていた。

それは彼の二十五の年、——先生に会った三月目だった。

十二　軍港

潜航艇の内部は薄暗かった。彼は前後左右を蔽った機械の中に腰をかがめ、小さい目金を覗いていた。その又目金に映っているのは明るい軍港の風景だった。

「あすこに『金剛』も見えるでしょう」

或海軍将校はこう彼に話しかけたりした。彼は四角いレンズの上に小さい軍艦を眺めながら、なぜかふと阿蘭陀芹を思い出した。一人前三十銭のビイフ・ステェクの上にもかすかに匂っている阿蘭陀芹を。

十三　先生の死

彼は雨上りの風の中に或新らしい停車場のプラットフォオムを歩いていた。空はまだ薄暗かった。プラットフォオムの向うには鉄道工夫が三四人、一斉に鶴嘴を上下させながら、何か高い声にうたっていた。雨上りの風は工夫の唄や彼の感情を吹きちぎった。彼は巻煙草に火もつけずに歓びに近い苦しみを感じていた。「センセイキトク」の電報を外套のポケットへ押しこんだまま。……

そこへ向うの松山のかげから午前六時の上り列車が一列、薄い煙を靡かせながら、うねるようにこちらへ近づきはじめた。

十四　結　婚

彼は結婚した翌日に「来々々無駄費いをしては困る」と彼の妻に小言を言った。しかしそれは彼の小言よりも彼の伯母の「言え」と云う小言だった。彼の妻は彼自身には勿論、彼の伯母にも詫びを言っていた。彼の為に買って来た黄水仙の鉢を前にしたまま。……

十五　彼　等

彼等は平和に生活した。大きい芭蕉の葉の広がったかげに。——彼等の家は東京から汽車でもたっぷり一時間かかる或海岸の町にあったから。

十六　枕

彼は薔薇の葉の匂のする懐疑主義を枕にしながら、アナトオル・フランスの本を読

んでいた。が、いつかその枕の中にも半身半馬神*のいることには気づかなかった。

　　十七　蝶

藻の匂の満ちた風の中に蝶が一羽ひらめいていた。彼はほんの一瞬間、乾いた彼の唇の上へこの蝶の触れるのを感じた。が、彼の唇の上へいつか捺って行った翅の粉だけは数年後にもまだきらめいていた。

　　十八　月

彼は或ホテルの階段の途中に偶然彼女に遭遇した。彼女の顔はこう云う昼にも月の光りの中にいるようだった。彼は彼女を見送りながら、（彼等は一面識もない間がらだった）今まで知らなかった寂しさを感じた。……

十九　人工の翼

彼はアナトオル・フランスから十八世紀の哲学者たちに移って行った。が、ルッソオには近づかなかった。それは或は彼自身の一面、——情熱に駆られ易い一面のルッソオに近い為かも知れなかった。彼は彼自身の他の一面、——冷かな理智に富んだ一面に近い「カンディイド」の哲学者に近いて行った。

人生は二十九歳の彼にはもう少しも明るくはなかった。が、ヴォルテエルはこう云う彼に人工の翼を供給した。

彼はこの人工の翼をひろげ、易やすと空へ舞い上った。同時に又理智の光を浴びた人生の歓びや悲しみは彼の目の下へ沈んで行った。彼は見すぼらしい町々の上へ反語や微笑を落しながら、遮るもののない空中をまっ直に太陽へ登って行った。丁度こう云う人工の翼を太陽の光りに焼かれた為にとうとう海へ落ちて死んだ昔の希臘人も忘れたように。……

二十　械(かせ)

彼等夫妻は彼の養父母と一つ家に住むことになった。それは彼が或新聞社に入社することになった為だった。彼は黄いろい紙に書いた一枚の契約書を力にしていた。が、その契約書は後になって見ると、新聞社は何の義務も負わずに彼ばかり義務を負うものだった。

二十一　狂人の娘

二台の人力車は人気のない曇天の田舎道を走って行った。その道の海に向っていることは潮風の来るのでも明らかだった。後の人力車に乗っていた彼は少しもこのランデ・ブウに興味のないことを怪みながら、彼自身をここへ導いたものの何であるかを考えていた。それは決して恋愛ではなかった。若し恋愛でないとすれば、——彼はこの答を避ける為に「兎に角我等は対等だ」と考えない訳には行かなかった。のみならず彼女の妹は嫉妬の為に前の人力車に乗っているのは或狂人の娘だった。

自殺していた。
「もうどうにも仕かたはない」
　彼はもうこの狂人の娘に、――動物的本能ばかり強い彼女に或憎悪を感じていた。二台の人力車はその間に磯臭い墓地の外へ通りかかった。蠣殻のついた鹿柴垣の中には石塔が幾つも黒んでいた。彼はそれ等の石塔の向うにかすかにかがやいた海を眺め、何か急に彼女の夫を、――彼女の心を捉えていない彼女の夫を軽蔑し出した。……

二十二　或　画　家

　それは或雑誌の挿し画だった。が、一羽の雄鶏の墨画は著しい個性を示していた。彼は或友だちにこの画家のことを尋ねたりした。
　一週間ばかりたった後、この画家は彼を訪問した。それは彼の一生のうちでも特に著しい事件だった。彼はこの画家の中に誰も知らない彼を発見した。のみならず彼自身も知らずにいた彼の魂を発見した。
　或薄ら寒い秋の日の暮、彼は一本の唐黍に忽ちこの画家を思い出した。丈の高い唐黍は荒あらしい葉をよろったまま、盛り土の上には神経のように細ぼそと根を露わし

ていた。それは又勿論傷き易い彼の自画像にも違いなかった。しかしこう云う発見は彼を憂鬱にするだけだった。
「もう遅い。しかしいざとなった時には……」

二十三　彼　女

　或広場の前は暮れかかっていた。彼はやや熱のある体にこの広場を歩いて行った。大きいビイルディングは幾棟もかすかに銀色に澄んだ空に窓々の電燈をきらめかせていた。
　彼は道ばたに足を止め、彼女の来るのを待つことにした。五分ばかりたった後、彼女は何かやつれたように彼の方へ歩み寄った。が、彼の顔を見ると、「疲れたわ」と言って頬笑んだりした。彼等は肩を並べながら、薄明い広場を歩いて行った。それは彼等には始めてだった。彼は彼女と一しょにいる為には何を捨てても善い気もちだった。
　彼等の自動車に乗った後、彼女はじっと彼の顔を見つめ、「あなたは後悔なさらない？」と言った。彼はきっぱり「後悔しない」と答えた。彼女は彼の手を抑え、「あ

たしは後悔しないけれども」と言った。彼女の顔はこう云う時にも月の光の中にいるようだった。

二十四　出　産

彼は襖側に佇んだまま、白い手術着を着た産婆が一人、赤児を洗うのを見下していた。赤児は石鹸の目にしみる度にいじらしい顰め顔を繰り返した。のみならず高い声に啼きつづけた。彼は何か鼠の仔に近い赤児の匂を感じながら、しみじみこう思わずにはいられなかった。――

「何の為にこいつも生れて来たのだろう？　この娑婆苦の充ち満ちた世界へ。――何の為に又こいつも己のようなものを父にする運命を荷ったのだろう？」

しかもそれは彼の妻が最初に出産した男の子だった。

二十五　ストリントベリイ

彼は部屋の戸口に立ち、柘榴の花のさいた月明りの中に薄汚い支那人が何人か、

麻雀戯(マアチァン)をしているのを眺めていた。それから部屋の中にひき返すと、背の低いランプの下に「痴人の告白」を読みはじめた。が、二頁(ページ)も読まないうちにいつか苦笑を洩らしていた。——ストリントベリイも亦情人(またじょうじん)だった伯爵夫人へ送る手紙の中に彼と大差のない譃(うそ)を書いている。

二十六　古　代

彩色(さいしき)の剝(は)げた仏たちや天人や馬や蓮(はす)の華は殆(ほとん)ど彼を圧倒した。彼はそれ等を見上げたまま、あらゆることを忘れていた。狂人の娘の手を脱した彼自身の幸運さえ。……

二十七　スパルタ式訓練

彼は彼の友だちと或裏町を歩いていた。そこへ幌(ほろ)をかけた人力車が一台、まっ直(すぐ)に向うから近づいて来た。しかもその上に乗っているのは意外にも昨夜(ゆうべ)の彼女だった。彼女の顔はこう云う昼にも月の光の中にいるようだった。彼等は彼の友だちの手前、勿論挨拶(あいさつ)さえ交(かわ)さなかった。

「美人ですね」

彼の友だちはこんなことを言った。彼は往来の突き当りにある、春の山を眺めたまま、少しもためらわずに返事をした。

「ええ、中々美人ですね」

　　二十八　殺　人

　田舎道は日の光りの中に牛の糞の臭気を漂わせていた。彼は汗を拭いながら、爪先上りの道を登って行った。道の両側に熟した麦は香ばしい匂を放っていた。

「殺せ、殺せ。……」

　彼はいつか口の中にこう云う言葉を繰り返していた。誰を？――それは彼には明らかだった。彼は如何にも卑屈らしい五分刈の男を思い出していた。

　すると黄ばんだ麦の向うに羅馬カトリック教の伽藍が一宇、いつの間にか円屋根を現し出した。……

それは鉄の銚子だった。彼はこの糸目＊のついた銚子にいつか「形」の美を教えられていた。

　　二十九　形

　　三十　雨

　彼は大きいベッドの上に彼女といろいろの話をしていた。寝室の窓の外は雨ふりだった。浜木棉（はまゆう）の花はこの雨の中にいつか腐って行くらしかった。彼女の顔は不相変（あいかわらず）月の光の中にいるようだった。が、彼女と話していることは彼には退屈でないこともなかった。彼は腹這（はらば）いになったまま、静かに一本の巻煙草に火をつけ、彼女と一しょに日を暮らすのも七年になっていることを思い出した。
　「おれはこの女を愛しているだろうか？」
　彼は彼自身にこう質問した。この答は彼自身を見守りつけた彼自身にも意外だった。
　「おれは未（いま）だに愛している」

三十一 大地震

それはどこか熟し切った杏の匂いに近いものだった。彼は焼けあとを歩きながら、かすかにこの匂を感じ、炎天に腐った死骸の匂も存外悪くないと思ったりした。が、死骸の重なり重った池の前に立って見ると、「酸鼻」と云う言葉も感覚的に決して誇張でないことを発見した。殊に彼を動かしたのは十二三歳の子供の死骸だった。彼はこの死骸を眺め、何か羨ましさに近いものを感じた。「神々に愛せらるるものは夭折す」——こう云う言葉なども思い出した。彼の姉や異母弟はいずれも家を焼かれていた。しかし彼の姉の夫は偽証罪を犯した為に執行猶予中の体だった。……

「誰も彼も死んでしまえば善い」

彼は焼け跡に佇んだまま、しみじみこう思わずにいられなかった。

三十二 喧嘩

彼は彼の異母弟と取り組み合いの喧嘩をした。彼の弟は彼の為に圧迫を受け易いの

に違いなかった。同時に又彼も彼の弟の為に自由を失っているのに違いなかった。彼の親戚は彼の弟に「彼を見慣え」と言いつづけていた。しかしそれは彼自身には手足を縛られるのも同じことだった。彼等は取り組み合ったまま、とうとう縁先へ転げて行った。縁先の庭には百日紅が一本、――彼は未だに覚えている。――雨を持った空の下に赤光りに花を盛り上げていた。

三十三　英　雄

彼はヴォルテエルの家の窓からいつか高い山を見上げていた。氷河の懸った山の上には禿鷹の影さえ見えなかった。が、背の低い露西亜人が一人、執拗に山道を登りつづけていた。

ヴォルテエルの家も夜になった後、彼は明るいランプの下にこう云う傾向詩*を書いたりした。あの山道を登って行った、露西亜人の姿を思い出しながら。……

　　――誰よりも十戒*を守った君は
　　　誰よりも十戒を破った君だ。

誰よりも民衆を愛した君は
誰よりも民衆を軽蔑した君だ。
誰よりも理想に燃え上った君は
誰よりも現実を知っていた君だ。

君は僕等の東洋が生んだ
草花の匂のする電気機関車だ。——

　　三十四　色　彩

三十歳の彼はいつの間か或空き地を愛していた。そこには唯苔の生えた上に煉瓦や瓦の欠片などが幾つも散らかっているだけだった。が、それは彼の目にはセザンヌの風景画と変りはなかった。

彼はふと七八年前の彼の情熱を思い出した。同時に又彼の七八年前には色彩を知ら

なかったのを発見した。

三十五　道化人形

彼はいつ死んでも悔いないように烈しい生活をするつもりだった。が、不相変養父母や伯母に遠慮勝ちな生活をつづけていた。それは彼の生活に明暗の両面を造り出した。彼は或洋服屋の店に道化人形の立っているのを見、どの位彼も道化人形に近いかと云うことを考えたりした。が、意識の外の彼自身は、——言わば第二の彼自身はとうにこう云う心もちを或短篇の中に盛りこんでいた。

三十六　倦　怠

彼は或大学生と芒原の中を歩いていた。
「君たちはまだ生活欲を盛に持っているだろうね？」
「ええ、——だってあなたでも……」
「ところが僕は持っていないんだよ。制作慾だけは持っているけれども」

それは彼の真情だった。彼は実際いつの間にか生活に興味を失っていた。
「制作慾もやっぱり生活慾でしょう」
彼は何とも答えなかった。芒原はいつか赤い穂の上にはっきりと噴火山を露し出した。彼はこの噴火山に何か羨望に近いものを感じた。しかしそれは彼自身にもなぜと云うことはわからなかった。……

三十七　越し人

彼は彼と才力の上にも格闘出来る女に遭遇した。が、「越し人」等の抒情詩を作り、僅かにこの危機を脱出した。それは何か木の幹に凍った、かがやかしい雪を落すように切ない心もちのするものだった。

風に舞ひたるすげ笠の
何かは道に落ちざらん
わが名はいかで惜しむべき
惜しむは君が名のみとよ。

三十八　復讐

それは木の芽の中にある或ホテルの露台だった。彼はそこに画を描きながら、一人の少年を遊ばせていた。七年前に絶縁した狂人の娘の一人息子を。

狂人の娘は巻煙草に火をつけ、彼等の遊ぶのを眺めていた。彼は重苦しい心もちの中に汽車や飛行機を描きつづけた。少年は幸いにも彼の子ではなかった。が、彼を「おじさん」と呼ぶのは彼には何よりも苦しかった。

少年のどこかへ行った後、狂人の娘は巻煙草を吸いながら、媚びるように彼に話しかけた。

「あの子はあなたに似ていやしない？」
「似ていません。第一……」
「だって胎教と云うこともあるでしょう」

彼は黙って目を反らした。が、彼の心の底にはこう云う彼女を絞め殺したい、残虐な欲望さえない訳ではなかった。

三十九　鏡

彼は或カッフェの隅に彼の友だちと話していた。彼の友だちは焼林檎を食い、この頃の寒さの話などをした。彼はこう云う話の中に急に矛盾を感じ出した。
「君はまだ独身だったね」
「いや、もう来月結婚する」
彼は思わず黙ってしまった。カッフェの壁に嵌めこんだ鏡は無数の彼自身を映していた。冷えびえと、何か脅すように。……

四十　問　答

なぜお前は現代の社会制度を攻撃するか？
資本主義の生んだ悪を見ているから。
悪を？　おれはお前は善悪の差を認めていないと思っていた。ではお前の生活は？
——彼はこう天使と問答した。尤も誰にも恥ずる所のないシルクハットをかぶった

天使と。…………

四十一　病

　彼は不眠症に襲われ出した。のみならず体力も衰えはじめた。何人かの医者は彼の病にそれぞれ二三の診断を下した。――胃酸過多、胃アトニイ、乾性肋膜炎、神経衰弱、蔓性結膜炎、脳疲労、……
　しかし彼は彼自身彼の病源を承知していた。それは彼自身を恥じると共に彼等を恐れる心もちだった。彼等を、――彼の軽蔑していた社会を！
　或雪曇りに曇った午後、彼は或カッフェの隅に火のついた葉巻を啣えたまま、向うの蓄音機から流れて来る音楽に耳を傾けていた。それは彼の心もちに妙にしみ渡る音楽だった。彼はその音楽の了るのを待ち、蓄音機の前へ歩み寄ってレコオドの貼り札を検べることにした。

Magic Flute――Mozart

　彼は咄嗟に了解した。十戒を破ったモツツアルトはやはり苦しんだのに違いなかった。しかしよもや彼のように、……彼は頭を垂れたまま、静かに彼の卓子へ帰って行

四十二　神々の笑い声

三十五歳の彼は春の日の当った松林の中を歩いていた。二三年前に彼自身の書いた「神々は不幸にも我々のように自殺出来ない」と云う言葉を思い出しながら。……

四十三　夜

夜はもう一度迫り出した。荒れ模様の海は薄明りの中に絶えず水沫（しぶき）を打ち上げていた。彼はこう云う空の下に彼の妻と二度目の結婚をした。それは彼等には歓（よろこ）びだったが、同時に又苦しみだった。三人の子は彼等と一しょに沖の稲妻を眺めていた。彼の妻は一人の子を抱（いだ）き、涙をこらえているらしかった。

「あすこに船が一つ見えるね？」
「ええ」
「檣（ほばしら）の二つに折れた船が」

四十四　死

彼はひとり寝ているのを幸い、窓格子に帯をかけて縊死しようとした。が、帯に頸を入れて見ると、俄かに死を恐れ出した。それは何も死ぬ刹那の苦しみの為に恐れたのではなかった。彼は二度目には懐中時計を持ち、試みに縊死を計ることにした。すると、ちょっと苦しかった後、何もかもぽんやりなりはじめた。そこを一度通り越しさえすれば、死にはいってしまうのに違いなかった。彼は時計の針を検べ、彼の苦しみを感じたのは一分二十何秒かだったのを発見した。窓格子の外はまっ暗だった。しかしその暗の中に荒あらしい鶏の声もしていた。

四十五　Divan

Divan はもう一度彼の心に新しい力を与えようとした。それは彼の知らずにいた「東洋的なゲエテ*」だった。彼はあらゆる善悪の彼岸に悠々と立っているゲエテを見、絶望に近い羨ましさを感じた。詩人ゲエテは彼の目には詩人クリストよりも偉大だっ

た。この詩人の心の中にはアクロポリスやゴルゴタ*の外にアラビアの薔薇さえ花をひらいていた。若しこの詩人の足あとを辿る多少の力を持っていたらば、——彼はディヴァンを読み了り、恐しい感動の静まった後、しみじみ生活的宦官に生まれた彼自身を軽蔑せずにはいられなかった。

　　四十六　　謊

　彼の姉の夫の自殺は俄かに彼を打ちのめした。彼は今度は姉の一家の面倒も見なければならなかった。彼の将来は少くとも彼には日の暮のように薄暗かった。彼は彼の精神的破産に冷笑に近いものを感じながら、（彼の悪徳や弱点は一つ残らず彼にはわかっていた）不相変いろいろの本を読みつづけた。しかしルッソオの懺悔録さえ英雄的な謊に充ち満ちていた。殊に「新生*」に至っては、——彼は「新生*」の主人公ほど老獪な偽善者に出会ったことはなかった。が、フランソア・ヴィヨンだけは彼の心にしみ透った。彼は何篇かの詩の中に「美しい牡」を発見した。
　絞罪を待っているヴィヨンの姿は彼の夢の中にも現れたりした。彼は何度もヴィヨンのように人生のどん底に落ちようとした。が、彼の境遇や肉体的エネルギイはこう

いうことを許す訳はなかった。彼はだんだん衰えて行った。丁度昔スウィフト*の見た、木末から枯れて来る立ち木のように。……

四十七　火あそび

彼女はかがやかしい顔をしていた。それは丁度朝日の光の薄氷にさしているようだった。彼は彼女に好意を持っていた。しかし恋愛は感じていなかった。のみならず彼女の体には指一つ触れずにいたのだった。
「死にたがっていらっしゃるのですってね」
「ええ。——いえ、死にたがっているよりも生きることに飽きているのです」
彼等はこう云う問答から一しょに死ぬことを約束した。
「プラトニック・スウイサイドですね*」
「ダブル・プラトニック・スウイサイド*」
彼は彼自身の落ち着いているのを不思議に思わずにはいられなかった。

四十八　死

彼は彼女とは死ななかった。唯未だに彼女の体に指一つ触っていないことは彼には何か満足だった。彼女は何事もなかったように時々彼と話したりした。のみならず彼に彼女の持っていた青酸加里を一罐渡し、「これさえあればお互に力強いでしょう」とも言ったりした。

それは実際彼の心を丈夫にしたのに違いなかった。彼はひとり籐椅子に坐り、椎の若葉を眺めながら、度々死の彼に与える平和を考えずにはいられなかった。

四十九　剝製の白鳥

彼は最後の力を尽し、彼の自叙伝を書いて見ようとした。が、それは彼自身には存外容易に出来なかった。それは彼の自尊心や懐疑主義や利害の打算の未だに残っている為だった。彼はこう云う彼自身を軽蔑せずにはいられなかった。しかし又一面には「誰でも一皮剝いて見れば同じことだ」とも思わずにはいられなかった。「詩と真実

と*」と云う本の名前は彼にはあらゆる自叙伝の名前のようにも考えられ勝ちだった。のみならず文芸上の作品に必しも誰も動かされないのは彼にははっきりわかっていた。彼の作品の訴えるものは彼に近い生涯を送った彼に近い人々の外にある筈はない。——こう云う気も彼には働いていた。彼はそのために手短かに彼の「詩と真実と」を書いて見ることにした。

彼は「或阿呆の一生」を書き上げた後、偶然或古道具屋の店に剝製の白鳥のあるのを見つけた。それは頸を挙げて立っていたものの、黄ばんだ羽根さえ虫に食われていた。彼は彼の一生を思い、涙や冷笑のこみ上げるのを感じた。彼の前にあるものは唯発狂か自殺かだけだった。彼は日の暮の往来をたった一人歩きながら、徐ろに彼を滅しに来る運命を待つことに決心した。

　　　五十　俘(とりこ)

彼の友だちの一人は発狂した。彼はこの友だちにいつも或親しみを感じていた。それは彼にはこの友だちの孤独の、——軽快な仮面の下(もと)にある孤独の人一倍身にしみてわかる為だった。彼はこの友だちの発狂した後、二三度この友だちを訪問した。

「君や僕は悪鬼につかれているんだね。世紀末の悪鬼と云うやつにねえ」

この友だちは声をひそめながら、こんなことを彼に話したりした。が、それから二三日後には或温泉宿へ出かける途中、薔薇の花さえ食っていたということだった。彼はこの友だちの入院した後、いつか彼のこの友だちに贈ったテラコッタの半身像を思い出した。それはこの友だちの愛した「検察官」の作者の半身像だった。彼はゴオゴリイも狂死したのを思い、何か彼等を支配している力を感じずにはいられなかった。

彼はすっかり疲れ切った揚句、ふとラディゲの臨終の言葉を読み、もう一度神々の笑い声を感じた。それは「神の兵卒たちは己をつかまえに来る」という言葉だった。彼は彼の迷信や彼の感傷主義と闘おうとした。しかしどう云う闘いも肉体的に彼には不可能だった。「世紀末の悪鬼」は実際彼を虐んでいるのに違いなかった。彼は神を力にした中世紀の人々に羨しさを感じた。しかし神を信ずることは——神の愛を信ずることは到底彼には出来なかった。あのコクトオさえ信じた神を！

五十一　敗　北

彼はペンを執る手も震え出した。のみならず涎さえ流れ出した。彼の頭は〇・八の

ヴェロナアルを用いて覚めた後(のち)の外は一度もはっきりしたことはなかった。しかもはっきりしているのはやっと半時間か一時間だった。彼は唯薄暗い中にその日暮らしの生活をしていた。言わば刃(は)のこぼれてしまった、細い剣(つるぎ)を杖(つゑ)にしながら。

歯

車

一 レエン・コオト

　僕は或知人の結婚披露式につらなる為に鞄を一つ下げたまま、東海道の或停車場へその奥の避暑地から自動車を飛ばした。自動車の走る道の両がわは大抵松ばかり茂っていた。上り列車に間に合うかどうかは可也怪しいのに違いなかった。自動車には丁度僕の外に或理髪店の主人も乗り合せていた。彼は棗のようにまるまると肥った、短い頬髯の持ち主だった。僕は時間を気にしながら、時々彼と話をした。

「妙なこともありますね。××さんの屋敷には昼間でも幽霊が出るって云うんですが」

「昼間でもね」

　僕は冬の西日の当った向うの松山を眺めながら、善い加減に調子を合せていた。

「尤も天気の善い日には出ないそうです。一番多いのは雨のふる日だって云うんですが」

「雨のふる日に濡れに来るんじゃないか?」

「御冗談で。……しかしレエン・コオトを着た幽霊だって云うんです」

自動車はラッパを鳴らしながら、或停車場へ横着けになった。僕は或理髪店の主人に別れ、停車場の中へはいって行った。すると果して上り列車は二三分前に出たばかりだった。待合室のベンチにはレエン・コオトを着た男が一人ぽんやり外を眺めていた。僕は今聞いたばかりの幽霊の話を思い出した。が、ちょっと苦笑したぎり、兎に角次の列車を待つ為に停車場前のカッフェへはいることにした。

それはカッフェと云うのも考えものに近いカッフェだった。僕は隅のテエブルに坐り、ココアを一杯註文した。テエブルにかけたオイル・クロオスは白地に細い青の線を荒い格子に引いたものだった。しかしもう隅々には薄汚いカンヴァスを露していた。僕は膠臭いココアを飲みながら、人げのないカッフェの中を見まわした。埃じみたカッフェの壁には「親子丼」だの「カツレツ」だの云う紙札が何枚も貼ってあった。

「地玉子、オムレツ」

僕はこう云う紙札に東海道線に近い田舎を感じた。それは麦畠やキャベツ畠の間に電気機関車の通る田舎だった。……

次の上り列車に乗ったのはもう日暮に近い頃だった。僕はいつも二等に乗っていたが、何かの都合上、その時は三等に乗ることにした。

汽車の中は可也こみ合っていた。しかも僕の前後にいるのは大磯かどこかへ遠足に行ったらしい小学校の女生徒ばかりだった。僕は巻煙草に火をつけながら、こう云う女生徒の群れを眺めていた。彼等はいずれも快活だった。のみならず殆どしゃべり続けだった。

「写真屋さん、ラヴ・シインって何？」

やはり遠足について来たらしい、僕の前にいた「写真屋さん」は何とかお茶を濁していた。しかし十四五の女生徒の一人はまだいろいろのことを問いかけていた。僕はふと彼女の鼻に蓄膿症のあることを感じ、何か頬笑まずにはいられなかった。それから又僕の隣りにいた十二三の女生徒の一人は若い女教師の膝の上に坐り、片手に彼女の頸を抱きながら、片手に彼女の頰をさすっていた。しかも誰かと話す合い間に時々こう女教師に話しかけていた。

「可愛いわね、先生は。可愛い目をしていらっしゃるわね」

彼等は僕には女生徒よりも一人前の女と云う感じを与えた。林檎を皮ごと嚙じっていたり、キャラメルの紙を剝いていることを除けば。……しかし年かさらしい女生徒の一人は僕の側を通る時に誰かの足を踏んだと見え、「御免なさいまし」と声をかけた。彼女だけは彼等よりもませているだけに反って僕には女生徒らしかった。僕は巻

煙草を啣えたまま、この矛盾を感じた僕自身を冷笑しない訳には行かなかった。いつか電燈をとももした汽車はやっと或郊外の停車場へ着いた。僕は風の寒いプラットフォームへ下り、一度橋を渡った上、省線電車の来るのを待つことにした。すると偶然顔を合せたのは或会社にいるT君だった。僕等は電車を待っている間に不景気のことなどを話し合った。T君は勿論僕などよりもこう云う問題に通じていた。が、逞しい彼の指には余り不景気には縁のない土耳古石の指環も嵌まっていた。

「大したものを嵌めているね」

「これか？　これはハルピンへ商売に行っていた友だちの指環を買わされたんだよ。そいつも今は往生している。コオペラティヴと取引が出来なくなったものだから」

僕等の乗った省線電車は幸いにも汽車ほどこんでいなかった。T君はついこの春に巴里にある勤め先から東京へ帰ったばかりだった。従って僕等の間には巴里の話も出勝ちだった。カイヨオ夫人の話、蟹料理の話、御外遊中の或殿下の話、……

「仏蘭西は存外困ってはいないよ。唯元来仏蘭西人と云うやつは税を出したがらない国民だから、内閣はいつも倒れるがね。……」

「だってフランは暴落するしさ」

「それは新聞を読んでいればね。しかし向うにはのべつに大地震や大洪水があるから」

するとレエン・コオトを着た男が一人僕等の向うへ来て腰をおろした。僕はちょっと無気味になり、何か前に聞いた幽霊の話をT君に話しかけた。が、T君はその前に杖の柄をくるりと左へ向け、顔は前を向いたまま、小声に僕に話しかけた。

「あすこに女が一人いるだろう？　鼠色の毛糸のショオルをした、……」

「あの西洋髪に結った女か？」

「うん、風呂敷包みを抱えている女さ。あいつはこの夏は軽井沢にいたよ。ちょっと洒落れた洋装などをしてね」

しかし彼女は誰の目にも見すぼらしいなりをしているのに違いなかった。僕はT君と話しながら、そっと彼女を眺めていた。彼女はどこか眉の間に気違いらしい感じのする顔をしていた。しかもその又風呂敷包みの中から豹に似た海綿をはみ出させていた。

「軽井沢にいた時には若い亜米利加人と踊ったりしていたっけ。モダアン……何と云うやつかね」

レエン・コオトを着た男は僕のT君と別れる時にはいつかそこにいなくなっていた。

僕は省線電車の或停車場からやはり鞄をぶら下げたまま、或ホテルへ歩いて行った。往来の両側に立っているのは大抵大きいビルディングだった。僕はそこを歩いているうちにふと松林を思い出した。のみならず僕の視野のうちに妙なものを見つけ出した。僕はこう云う妙なものを？──と云うのは絶えずまわっている半透明の歯車だった。僕は前にも何度か持ち合せていた経験を前にも何度か持ち合せていた。歯車は次第に数を殖やし、半ば僕の視野を塞いでしまう、が、それも長いことではない、暫らくの後には消え失せる代りに今度は頭痛を感じはじめる、──それはいつも同じことだった。眼科の医者はこの錯覚（？）の為に度々僕に節煙を命じた。しかしこう云う歯車は僕の煙草に親まない二十前にも見えないことはなかった。僕は又はじまったなと思い、左の目の視力をためす為に片手に右の目を塞いで見た。左の目は果して何ともなかった。しかし右の目の瞼の裏には歯車が幾つもまわっていた。僕は右側のビルディングの次第に消えてしまうのを見ながら、せっせと往来を歩いて行った。

ホテルの玄関へはいった時には歯車ももう消え失せていた。が、頭痛はまだ残っていた。僕は外套や帽子を預ける次手に部屋を一つとって貰うことにした。それから或雑誌社へ電話をかけて金のことを相談した。

結婚披露式の晩餐はとうに始まっていたらしかった。僕はテエブルの隅に坐り、ナ

イフやフォオクを動かし出した。正面の新郎や新婦をはじめ、白い凹字形のテエブルに就いた五十人あまりの人びとは勿論いずれも陽気だった。が、僕の心もちは明るい電燈の光の下にだんだん憂鬱になるばかりだった。僕はこの心もちを遁れる為に隣にいた客に話しかけた。彼は丁度獅子のように白い頰髯を伸ばした老人だった。のみならず僕も名を知っていた或名高い漢学者だった。従って又僕等の話はいつか古典の上へ落ちて行った。
「麒麟はつまり一角獣ですね。それから鳳凰もフェニックスと云う鳥の、……」
この名高い漢学者はこう云う僕の話にも興味を感じているらしかった。僕は機械的にしゃべっているうちにだんだん病的な破壊慾を感じ、堯舜を架空の人物にしたのは勿論、「春秋」の著者もずっと後の漢代の人だったことを話し出した。するとこの漢学者は露骨に不快な表情を示し、少しも僕の顔を見ずに殆ど虎の唸るように僕の話を截ち離した。
「もし堯舜もいなかったとすれば、孔子は嘘をつかれた筈はない」
僕は勿論黙ってしまった。それから又皿の上の肉へナイフやフォオクを加えようとした。すると小さい蛆が一匹静かに肉の縁に蠢いていた。蛆は僕の頭の中に Worm

と云う英語を呼び起した。それは又麒麟や鳳凰のように或伝説的動物を意味している言葉にも違いなかった。僕はナイフやフォオクを置き、いつか僕の杯にシャンパアニュのつがれるのを眺めていた。

やっと晩餐のすんだ後、僕は前にとって置いた僕の部屋へこもる為に人気のない廊下を歩いて行った。廊下は僕にはホテルよりも監獄らしい感じを与えるものだった。しかし幸いにも頭痛だけはいつの間にか薄らいでいた。

僕の部屋には鞄は勿論、帽子や外套も持って来てあった。僕は壁にかけた外套に僕自身の立ち姿を感じ、急いでそれを部屋の隅の衣裳戸棚の中へ抛りこんだ。それから鏡台の前へ行き、じっと鏡に僕の顔を映した。鏡に映った僕の顔は皮膚の下の骨組みを露わしていた。蛆はこう云う僕の記憶に忽ちはっきり浮かび出した。

僕は戸をあけて廊下へ出、どことなしに歩いて行った。するとロッビイへ出る隅に緑いろの笠をかけた、背の高いスタンドの電燈が一つ硝子戸に鮮かに映っていた。それは何か僕の心に平和な感じを与えるものだった。僕はその前の椅子に坐り、いろいろのことを考えていた。が、そこにも五分とは坐っている訳に行かなかった。レエン・コオトは今度も亦僕の横にあった長椅子の背中に如何にもだらりと脱ぎかけてあった。

「しかも今は寒中だとに云うのに」

僕はこんなことを考えながら、もう一度廊下を引き返して行った。廊下の隅の給仕だまりには一人も給仕は見えなかった。しかし彼等の話し声はちょっと僕の耳をかすめて行った。それは何とか言われたのに答えた All right と云う英語だった。「オオル・ライト」？──僕はいつかこの対話の意味を正確に掴もうとあせっていた。「オオル・ライト」？「オオル・ライト」？　何が一体オオル・ライトなのであろう？

僕の部屋は勿論ひっそりしていた。が、戸をあけてはいることは妙に僕には無気味だった。僕はちょっとためらった後、思い切って部屋の中へはいって行った。それから鏡を見ないようにし、机の前の椅子に腰をおろした。椅子は蜥蜴の皮に近い、青いマロック皮の安楽椅子だった。僕は鞄をあけて原稿用紙を出し、或短篇を続けようとした。けれどもインクをつけたペンはいつまでたっても動かなかった。のみならずやっと動いたと思うと、同じ言葉ばかり書きつづけていた。All right……All right, sir……All right……

そこへ突然鳴り出したのはベッドの側にある電話だった。僕は驚いて立ち上り、受話器を耳へやって返事をした。

「どなた？」

「あたしです。あたし……」

相手は僕の姉の娘だった。

「何だい？ どうかしたのかい？」

「ええ、あの大へんなことが起ったんです。ですから、……大へんなことが起ったんですから、今叔母さんにも電話をかけたんです」

「大へんなこと？」

「ええ、ですからすぐに来て下さい。すぐにですよ」

電話はそれぎり切れてしまった。僕はもとのように受話器をかけ、反射的にベルの鈕（ボタン）を押した。しかし僕の手の震えていることは僕自身はっきり意識していた。給仕は容易にやって来なかった。僕は苛立（いらだ）たしさよりも苦しさを感じ、何度もベルの鈕を押した、やっと運命の僕に教えた「オオル・ライト」と云う言葉を了解しながら。

僕の姉の夫はその日の午後、東京から余り離れていない或田舎に轢死（れきし）していた。しかも季節に縁のないレエン・コオトをひっかけていた。僕はいまもそのホテルの部屋に前の短篇を書きつづけている。真夜中の廊下には誰も通らない。が、時々戸の外に翼の音の聞えることもある。どこかに鳥でも飼ってあるのかも知れない。

（昭和二・三・二三）

二　復　讐

　僕はこのホテルの部屋に午前八時頃に目を醒ました。が、ベッドをおりようとすると、スリッパアは不思議にも片っぽしかなかった。それはこの一二年の間、いつも僕に恐怖だの不安だのを与える現象だった。のみならずサンダアルを片っぽだけはいた希臘神話の中の王子を思い出させる現象だった。僕はベルを押して給仕を呼び、スリッパアの片っぽを探して貰うことにした。給仕はけげんな顔をしながら、狭い部屋の中を探しまわった。

「ここにありました。このバスの部屋の中に」
「どうして又そんな所へ行っていたのだろう？」
「さあ、鼠かも知れません」

　僕は給仕の退いた後、牛乳を入れない珈琲を飲み、前の小説を仕上げにかかった。凝灰岩を四角に組んだ窓は雪のある庭に向っていた。僕はペンを休める度にぼんやりとこの雪を眺めたりした。雪は沈丁花の下に都会の煤煙によごれていた。それは何か僕の心に傷ましさを与える眺めだった。僕は巻煙草をふかしながら、いつ

かペンを動かさずにいろいろのことを考えていた。妻のことを、子供たちのことを、就中姉の夫のことを。……

姉の夫は自殺する前に放火の嫌疑を蒙っていた。それも亦実際仕かたはなかった。彼は家の焼ける前に家の価格に二倍する火災保険に加入していた。しかも偽証罪を犯した為に執行猶予中の体になっていた。けれども僕を不安にしたのは彼の自殺したことよりも僕の東京へ帰る度に必ず火の燃えるのを見たことだった。僕は或は汽車の中から山を焼いている火を見たり、或は又自動車の中から（その時は妻子とも一しょだった）常磐橋界隈の火事を見たりしていた。それは彼の家の焼けない前にもおのずから僕に火事のある予感を与えない訣には行かなかった。

「今年は家が火事になるかも知れないぜ」

「そんな縁起の悪いことを。……それでも火事になったら大変ですね。保険は碌についていないし、……」

僕等はそんなことを話し合ったりした。しかし僕の家は焼けずに、——僕は努めて妄想を押しのけ、もう一度ペンを動かそうとした。が、ペンはどうしても一行とは楽に動かなかった。僕はとうとう机の前を離れ、ベッドの上に転がったまま、トルストイの Polikouchka を読みはじめた。この小説の主人公は虚栄心や病的傾向や名誉心

の入り交じった、複雑な性格の持ち主だった。しかも彼の一生の悲喜劇は多少の修正を加えさえすれば、僕の一生のカリカテュアだった。殊に彼の悲喜劇の中に運命の冷笑を感じるのは次第に僕を無気味にし出した。僕は一時間とたたないうちにベッドの上から飛び起きるが早いか、窓かけの垂れた部屋の隅へ力一ぱい本を抛りつけた。

「くたばってしまえ！」

　すると大きい鼠が一匹窓かけの下からバスの部屋へ斜めに床の上を走って行った。僕は一足飛びにバスの部屋へ行き、戸をあけて中を探しまわった。が、白いタッブの*かげにも鼠らしいものは見えなかった。僕は急に無気味になり、慌ててスリッパアを靴に換えると、人気のない廊下を歩いて行った。

　廊下はきょうも不相変牢獄のように憂鬱だった。僕は頭を垂れたまま、階段を上ったり下りたりしているうちにいつかコック部屋へはいっていた。コック部屋は存外明るかった。が、片側に並んだ竈は幾つも炎を動かしていた。僕はそこを通りぬけながら、白い帽をかぶったコックたちの冷やかに僕を見ているのを感じた。同時に又僕の堕ちた地獄を感じた。「神よ、我を罰し給え。怒り給うこと勿れ。恐らくは我滅びん」——こう云う祈禱もこの瞬間にはおのずから僕の唇にのぼらない訣には行かなかった。

僕はこのホテルの外へ出ると、青ぞらの映った雪解けの道をせっせと姉の家へ歩いて行った。道に沿うた公園の樹木は皆枝や葉を黒ませていた。のみならずどれも一本ごとに丁度僕等人間のように前や後ろを具えていた。それも亦僕には不快よりも恐怖に近いものを運んで来た。僕はダンテの地獄の中にある、樹木になった魂を思い出し、ビルディングばかり並んでいる電車線路の向うを歩くことにした。しかしそこも一町とは無事に歩くことは出来なかった。

「ちょっと通りがかりに失礼ですが、……」

それは金鈕の制服を着た二十二三の青年だった。僕は黙ってこの青年を見つめ、彼の鼻の左の側に黒子のあることを発見した。彼は帽を脱いだまま、怯ず怯ずこう僕に話しかけた。

「Aさんではいらっしゃいませんか?」

「そうです」

「どうもそんな気がしたものですから、……」

「何か御用ですか?」

「いえ、唯お目にかかりたかっただけですから。僕も先生の愛読者の……」

僕はもうその時にはちょっと帽をとったぎり、彼を後ろに歩き出していた。先生、

A先生、——それは僕にはこの頃では最も不快な言葉だった。僕はあらゆる罪悪を犯していることを信じていた。しかも彼等は何かの機会に僕を先生と呼びつづけていた。僕はそこに僕を嘲る何ものかを感じずにはいられなかった。何ものかを？——しかし僕の物質主義は神秘主義を拒絶せずにはいられなかった。僕はつい二三箇月前にも或小さい同人雑誌にこう云う言葉を発表していた。——「僕は芸術的良心を始め、どう云う良心も持っていない。僕の持っているのは神経だけである」……

姉は三人の子供たちと一しょに露地の奥のバラックに避難していた。褐色の紙を貼ったバラックの中は外よりも寒いくらいだった。僕等は火鉢に手をかざしながら、いろいろのことを話し合った。体の逞しい姉の夫は人一倍痩せ細った僕を本能的に軽蔑していた。のみならず僕の作品の不道徳であることを公言していた。僕はいつも冷やかにこう云う彼を見おろしたまま、一度も打ちとけて話したことはなかった。が、僕の姉と話しているうちにだんだん彼も僕のように地獄に堕ちていたことを悟り出した。しかし彼は現に寝台車の中に幽霊を見たとか云うことだった。それでも彼は巻煙草に火をつけ、努めて金のことばかり話しつづけた。

「何しろこう云う際だしするから、何も彼も売ってしまおうと思うの」

「それはそうだ。タイプライタアなどは幾らかになるだろう」

「ええ、それから画などもあるし」
「次手にNさん（姉の夫）の肖像画も売るか？　しかしあれは……」

　僕はバラックの壁にかけた、額縁のない一枚のコンテ画を見ると、迂闊に常談も言われないのを感じた。轢死した彼は汽車の為に顔もすっかり肉塊になり、僅かに唯口髭だけ残っていたとか云うことだった。この話は勿論話自身も薄気味悪いのに違いなかった。しかし彼の肖像画はどこも完全に描いてあるものの、口髭だけはなぜかぽんやりしていた。僕は光線の加減かと思い、この一枚のコンテ画をいろいろの位置から眺めるようにした。

「何をしているの？」
「何でもないよ。……唯あの肖像画は口のまわりだけ、……」

　姉はちょっと振り返りながら、何も気づかないように返事をした。

「髭だけ妙に薄いようでしょう」

　僕の見たものは錯覚ではなかった。しかし錯覚ではないとすれば、──僕は午飯の世話にならないうちに姉の家を出ることにした。

「まあ、善いでしょう」
「又あしたでも、……きょうは青山*まで出かけるのだから」

「ああ、あすこ？　まだ体の具合は悪いの？」
「やっぱり薬ばかり嚥(の)んでいる。催眠薬だけでも大変だよ。ヴェロナァル、ノイロナアル、トリオナァル、ヌマアル……」

　三十分ばかりたった後(のち)、僕は或ビルディングへはいり、昇降機(リフト)に乗って三階へのぼった。それから或レストオランの硝子戸を押してはいろうとした。が、硝子戸は動かなかった。のみならずそこには「定休日」と書いた漆塗りの札も下っていた。僕はいよいよ不快になり、硝子戸の向うのテエブルの上に林檎(りんご)やバナナを盛ったのを見たまま、もう一度往来へ出ることにした。すると会社員らしい男が二人何か快活にしゃべりながら、このビルディングへはいる為に僕の肩をこすって行った。彼等の一人はその拍子に「イライラしてね」と言ったらしかった。
　僕は往来に佇(たたず)んだなり、タクシイの通るのを待ち合せていた。タクシイは容易に通らなかった。のみならずたまに通ったのは必ず黄いろい車だった。（この黄いろいタクシイはなぜか僕に交通事故の面倒をかけるのを常としていた）そのうちに僕は縁起の好い緑いろの車を見つけ、兎に角青山の墓地に近い精神病院へ出かけることにした。
「イライラする、——Tantalizing——Tantalus——Inferno……」
　タンタルスは実際硝子戸越しに果物を眺めた僕自身だった。僕は二度も僕の目に浮

かんだダンテの地獄を咀(のろ)いながら、じっと運転手の背中を眺めていた。そのうちに又あらゆるものの譌であることを感じ出した。政治、実業、芸術、科学、——いずれも皆こう云う僕にはこの恐しい人生を隠した雑色のエナメルに外ならなかった。僕はだんだん息苦しさを感じ、タクシイの窓をあけ放ったりした。が、何か心臓をしめられる感じは去らなかった。

緑いろのタクシイはやっと神宮前へ走りかかった。そこには或精神病院へ曲る横町が一つある筈だった。しかしそれもきょうだけはなぜか僕にはわからなかった。僕は電車の線路に沿い、何度もタクシイを往復させた後、とうとうあきらめておりることにした。

僕はやっとその横町を見つけ、ぬかるみの多い道を曲って行った。するといつか道を間違え、青山斎場の前へ出てしまった。それはかれこれ十年前にあった夏目先生の告別式以来、一度も僕は門の前さえ通ったことのない建物だった。十年前の僕も幸福ではなかった。しかし少くとも平和だった。僕は砂利を敷いた門の中を眺め、「漱石(そうせき)山房」の芭蕉(ばしょう)を思い出しながら、何か僕の一生も一段落のついたことを感じない訣(わけ)には行かなかった。のみならずこの墓地の前へ十年目に僕をつれて来た何ものかを感じない訣にも行かなかった。

或精神病院の門を出た後、僕は又自動車に乗り、前のホテルへ帰ることにした。が、このホテルの玄関へおりると、レエン・コオトを着た男が一人何か給仕と喧嘩をしていた。給仕と？——いや、それは給仕ではない、緑いろの服を着た自動車掛りだった。僕はこのホテルへはいることに何か不吉な心もちを感じ、さっさともとの道を引き返して行った。

僕の銀座通りへ出た時にはかれこれ日の暮も近づいていた。僕は両側に並んだ店や目まぐるしい人通りに一層憂鬱にならずにはいられなかった。殊に往来の人々の罪なぞと云うものを知らないように軽快に歩いているのは不快だった。僕は薄明るい外光に電燈の光のまじった中をどこまでも北へ歩いて行った。そのうちに僕の目を捉えたのは雑誌などを積み上げた本屋だった。僕はこの本屋の店へはいり、ぼんやりと何段かの書棚を見上げた。それから「希臘神話」と云う一冊の本へ目を通すことにした。けれども偶然僕の読んだ一行は忽ち僕を打ちのめした。

「一番偉いツォイスの神でも復讐の神にはかないません。……」

僕はこの本屋の店を後ろに人ごみの中を歩いて行った。いつか曲り出した僕の背中に絶えず僕をつけ狙っている復讐の神を感じながら。……

（昭和二・三・二七）

三夜

　僕は丸善の二階の書棚にストリントベルグの「伝説」を見つけ、二三頁ずつ目を通した。それは僕の経験と大差のないことを書いたものだった。のみならず黄いろい表紙をしていた。僕は「伝説」を書棚へ戻し、今度は殆ど手当り次第に厚い本を一冊引きずり出した。しかしこの本も挿し画の一枚に僕等人間と変りのない、目鼻のある歯車ばかり並べていた。(それは或独逸人の集めた精神病者の画集だった)僕はいつか憂鬱の中に反抗的精神の起るのを感じ、やぶれかぶれになった賭博狂のようにいろいろの本を開いて行った。が、なぜかどの本も必ず文章か挿し画かの中に多少の針を隠していた。どの本も？──僕は何度も読み返した「マダム・ボヴァリイ」を手にとった時さえ、畢竟僕自身も中産階級のムッシウ・ボヴァリイに外ならないのを感じた。

　　…………

　日の暮に近い丸善の二階には僕の外に客もないらしかった。僕は電燈の光の中に書棚の間をさまよって行った。それから「宗教」と云う札を掲げた書棚の前に足を休め、緑いろの表紙をした一冊の本へ目を通した。この本は目次の第何章かに「恐しい四つ

の敵、——疑惑、恐怖、驕慢、官能的欲望」と云う言葉を並べていた。僕はこう云う言葉を見るが早いか、一層反抗的精神の起るのを感じた。それ等の敵と呼ばれるものは少くとも僕には感受性や理智の異名に外ならなかった。が、伝統的精神もやはり近代的精神のようにやはり僕を不幸にするのは愈僕にはたまらなかった。僕はこの本を手にしたまま、ふといつかペン・ネエムに用いた「寿陵余子」と云う言葉を思い出した。それは邯鄲の歩みを学ばないうちに寿陵の歩みを忘れてしまい、蛇行匍匐して帰郷したと云う「韓非子」中の青年だった。今日の僕は誰の目にも「寿陵余子」であるのに違いなかった。しかしまだ地獄へ堕ちなかった僕もこのペン・ネエムを用いたことは、————僕は大きい書棚を後ろに努めて妄想を払うようにし、丁度僕の向うにあったポスタアの展覧室へはいって行った。が、そこにも一枚のポスタアの中には聖ジョオジらしい騎士が一人翼のある竜を刺し殺していた。しかもその騎士は兜の下に僕の敵の一人に近いしかめ面を半ば露していた。僕は又「韓非子」の中の屠竜の技の話を思い出し、展覧室へ通りぬけずに幅の広い階段を下って行った。

　僕はもう夜になった日本橋通りを歩きながら、屠竜と云う言葉を考えつづけた。それは又僕の持っている硯の銘にも違いなかった。この硯を僕に贈ったのは或若い事業家だった。彼はいろいろの事業に失敗した揚句、とうとう去年の暮に破産してしまっ

た。僕は高い空を見上げ、無数の星の光の中にどのくらいこの地球の小さいかと云うことを、——従ってどのくらい僕自身の小さいかと云うことを考えようとした。しかし昼間は晴れていた空もいつかもうすっかり曇っていた。僕は突然何ものかの僕に敵意を持っているのを感じ、電車線路の向うにある或カッフェへ避難することにした。

それは「避難」に違いなかった。僕はこのカッフェの薔薇色の壁に何か平和に近いものを感じ、一番奥のテエブルの前にやっと楽々と腰をおろした。そこには幸い僕の外に二三人の客のあるだけだった。僕は一杯のココアを啜り、ふだんのように巻煙草をふかし出した。巻煙草の煙は薔薇色の壁へかすかに青い煙を立ちのぼらせて行った。この優しい色の調和もやはり僕には愉快だった。けれども僕は暫くの後、僕の左の壁にかけたナポレオンの肖像画を見つけ、そろそろ又不安を感じ出した。ナポレオンはまだ学生だった時、彼の地理のノオト・ブックの最後に「セエント・ヘレナ、小さい島」と記していた。それは或は僕等の言うように偶然だったかも知れなかった。し

かしナポレオン自身にさえ恐怖を呼び起したのは確かだった。……

僕はナポレオンを見つめたまま、僕自身の作品を考え出した。するとまず記憶に浮かんだのは「侏儒(しゅじゅ)の言葉」の中のアフォリズムだった。(殊(こと)に「人生は地獄よりも地獄的である」と云う言葉だった)それから「地獄変」の主人公、——良秀(よしひで)と云う画師

の運命だった。それから……僕は巻煙草をふかしながら、こう云う記憶から逃れる為にこのカッフェの中を眺めまわした。僕のここへ避難したのは五分もたたない前のことだった。しかしこのカッフェは短時間の間にすっかり容子を改めていた。就中僕を不快にしたのはマホガニイまがいの椅子やテエブルの少しもあたりの薔薇色の壁と調和を保っていないことだった。僕はもう一度人目に見えない苦しみの中に落ちこむのを恐れ、銀貨を一枚投げ出すが早いか、匆々このカッフェを出ようとした。

「もし、もし、二十銭頂きますが、……」

僕の投げ出したのは銅貨だった。

僕は屈辱を感じながら、ひとり往来を歩いているうちにふと、遠い松林の中にある僕の家を思い出した。それは或郊外にある僕の養父母の家ではない、唯僕を中心にした家族の為に借りた家だった。僕はかれこれ十年前にもこう云う家に暮らしていた。しかし或事情の為に軽率にも父母と同居し出した。同時に又奴隷に、暴君に、力のない利己主義者に変り出した。……

僕のホテルに帰ったのはもう十時だった。ずっと長い途を歩いて来た僕は前の部屋へ帰る力を失い、太い丸太の火を燃やした炉の前の椅子に腰をおろした。それから僕の計画していた長篇のことを考え出した。それは推古から明治に至る各時代

の民を主人公にし、大体三十余りの短篇を時代順に連ねた長篇だった。僕は火の粉の舞い上るのを見ながら、ふと宮城の前にある或銅像を思い出した。この銅像は甲胄を着、忠義の心そのもののように高だかと馬の上に跨っていた。しかし彼の敵だったのは、——

「譃!」

僕は又遠い過去から目近い現代へすべり落ちた。そこへ幸いにも来合せたのは或先輩の彫刻家だった。彼は不相変天鵞絨の服を着、短い山羊髯を反らせていた。僕は椅子から立ち上り、彼のさし出した手を握った。(それは僕の習慣ではない、パリやベルリンに半生を送った彼の習慣に従ったのだった)が、彼の手は不思議にも爬虫類の皮膚のように湿っていた。

「君はここに泊っているのですか?」

「ええ、……」

「仕事をしに?」

「ええ、仕事もしているのです」

彼はじっと僕の顔を見つめた。僕は彼の目の中に探偵に近い表情を感じた。

「どうです、僕の部屋へ話しに来ては?」

僕は挑戦的に話しかけた。(この勇気に乏しい癖に忽ち挑戦的態度をとるのは僕の悪癖の一つだった)すると彼は微笑しながら、「どこ、君の部屋は？」と尋ね返した。

僕等は親友のように肩を並べ、静かに話している外国人たちの中を僕の部屋へ帰って行った。彼は僕の部屋へ来ると、鏡を後ろにして腰をおろした。それからいろいろのことを話し出した。いろいろのことを？——しかし大抵は女の話だった。僕は罪を犯した為に地獄に堕ちた一人*に違いなかった。が、それだけに悪徳の話は愈僕を憂鬱にした。僕は一時的清教徒になり、それ等の女を嘲り出した。

「S子さんの唇を見給え。あれは何人もの接吻の為に……」

僕はふと口を噤み、鏡の中の彼の後ろ姿を見つめた。彼は丁度耳の下に黄いろい膏薬を貼りつけていた。

「何人もの接吻の為に？」

「そんな人のように思いますがね」

彼は微笑して頷いていた。僕は彼の内心では僕の秘密を知る為に絶えず僕を注意しているのを感じた。けれどもやはり僕等の話は女のことを離れなかった。僕は彼を憎むよりも僕自身の気の弱いのを恥じ、愈憂鬱にならずにはいられなかった。

やっと彼の帰った後、僕はベッドの上に転がったまま、「暗夜行路*」を読みはじめ

た。主人公の精神的闘争は一々僕には痛切だった。どのくらい僕の阿呆だったかを感じ、いつか涙を流していたいつか平和を与えていた。が、それも長いことではなかった。半透明の歯車を感じ出した。歯車はやはりまわりながら、次第に数を殖やして行った。僕の右の目はもう一度僕は頭痛のはじまることを恐れ、枕もとに本を置いたまま、〇・八グラムのヴェロナアルを嚥み、兎に角ぐっすりと眠ることにした。

けれども僕は夢の中に或プウルを眺めていた。そこには又男女の子供たちが何人も泳いだりもぐったりしていた。僕はこのプウルを後ろに向ふの松林へ歩いて行った。すると誰か後ろから「おとうさん」と僕に声をかけた。僕はちょっとふり返り、プウルの前に立った妻を見つけた。同時に又烈しい後悔を感じた。

「おとうさん、タオルは？」

「タオルは入らない。子供たちに気をつけるのだよ」

僕は又歩みをつづけ出した。が、僕の歩いているのはいつかプラットフォオムに変っていた。それは田舎の停車場だったと見え、長い生け垣のあるプラットフォオムだった。そこには又Ｈと云う大学生や年をとった女も佇んでいた。彼等は僕の顔を見ると、僕の前へ歩み寄り、口々に僕へ話しかけた。

「大火事でしたわね」
「僕もやっと逃げて来たの」

僕はこの年をとった女に何か見覚えのあるように感じた。のみならず彼女と話していることに或愉快な興奮を感じた。僕はひとりこの汽車に乗り、両側に煙をあげながら、静かにプラットフォオムへ横づけになった。僕は或寝台の上にミイラに近い裸体の女が一人こちらを向いて横になっていた。それは又僕の復讐の神、——或狂人の娘に違いなかった。……僕は目を醒ますが早いか、思わずベッドを飛び下りていた。僕の部屋は不相変電燈の光に明るかった。が、どこかに翼の音や鼠のきしる音も聞えていた。僕は戸をあけて廊下へ出、前の炉の前へ急いで行った。そこへ白い服を着た給仕が一人焚き木を加えに歩み寄った。僕は椅子に腰をおろしたまま、覚束ない炎を眺め出した。

「何時？」
「三時半ぐらいでございます」

しかし向うのロッビイの隅には亜米利加人らしい女が一人何か本を読みつづけた。彼女の着ているのは遠目に見ても緑いろのドレスに違いなかった。僕は何か救われたのを感じ、じっと夜のあけるのを待つことにした。長年の病苦に悩み抜いた揚句、

静かに死を待っている老人のように。……

(昭和二・三・二八)

四 まだ？

僕はこのホテルの部屋にやっと前の短篇を書き上げ、或雑誌に送ることにした。尤も僕の原稿料は一週間の滞在費にも足りないものだった。が、僕は僕の仕事を片づけたことに満足し、何か精神的強壮剤を求める為に銀座の或本屋へ出かけることにした。冬の日の当ったアスファルトの上には紙屑が幾つもころがっていた。それ等の紙屑は光の加減か、いずれも薔薇の花にそっくりだった。僕は何ものかの好意を感じ、その本屋の店へはいって行った。そこも亦ふだんよりも小綺麗だった。唯目金をかけた小娘が一人何か店員と話していたのは往来に落ちた紙屑の薔薇の花を思い出し、僕には気がかりにならないこともなかった。けれども僕は「アナトオル・フランスの対話集」や「メリメエの書簡集」を買うことにした。

僕は二冊の本を抱え、或カッフェへはいって行った。それから一番奥のテエブルの前に珈琲の来るのを待つことにした。僕の向うには親子らしい男女が二人坐っていた。その息子は僕よりも若かったものの、殆ど僕にそっくりだった。のみならず彼等は恋

人同志のように顔を近づけて話し合っていた。僕は彼等を見ているうちに少くとも息子は性的にも母親に慰めを与えていることを意識しているのに気づき出した。それは僕にも覚えのある親和力の一例に違いなかった。同時に又現世を地獄にする或意志の一例にも違いなかった。しかし、――僕は又苦しみに陥るのを恐れ、丁度珈琲の来たのを幸い、「メリメエの書簡集」を読みはじめた。彼はこの書簡集の中にも彼の小説の中のように鋭いアフォリズムを閃かせていた。それ等のアフォリズムは僕の気もちをいつか鉄のように厳畳にし出した。（この影響を受け易いことも僕の弱点の一つだった）僕は一杯の珈琲を飲み了った後、「何でも来い」と云う気になり、さっさとこのカッフェを後ろにして行った。

僕は往来を歩きながら、いろいろの飾り窓を覗いて行った。或額縁屋の飾り窓はベエトオヴェンの肖像画を掲げていた。それは髪を逆立てた天才そのものらしい肖像画だった。僕はこのベエトオヴェンを骨稽に感ぜずにはいられなかった。……

そのうちにふと出合ったのは高等学校以来の旧友だった。この応用化学の大学教授は大きい中折れ鞄を抱え、片目だけまっ赤に血を流していた。

「どうした、君の目は？」
「これか？ これは唯の結膜炎さ」

僕はふと十四五年以来、いつも親和力を感じる度に僕の目も彼の目のように結膜炎を起すのを思い出した。が、何とも言わなかった。彼は僕の肩を叩き、僕等の友だちのことを話し出した。それから話をつづけたまま、或カッフェへ僕をつれて行った。

「久しぶりだなあ。朱舜水*の建碑式以来だろう」

彼は葉巻に火をつけた後、大理石のテエブル越しにこう僕に話しかけた。

「そうだ。あのシュシュン……」

僕はなぜか朱舜水と云う言葉を正確に発音出来なかった。それは日本語だっただけにちょっと僕を不安にした。しかし彼は無頓着にいろいろのことを話して行った。Kと云う小説家のことを、彼の買ったブル・ドッグのことを、リウイサイトと云う毒瓦斯のことを。……

「君はちっとも書かないようだね。『点鬼簿*』と云うのは読んだけれども。……あれは君の自叙伝かい?」

「うん、僕の自叙伝だ」

「あれはちょっと病的だったぜ。この頃は体は善いのかい?」

「不相変薬ばかり嚥んでいる始末だ」

「僕もこの頃は不眠症だがね」

「僕も？——どうして君は『僕も』と言うのだ？」

「だって君も不眠症だって言うじゃないか？　不眠症は危険だぜ。……」

彼は左だけ充血した目に微笑に近いものを浮かべていた。僕は返事をする前に「不眠症」のショウの発音を正確に出来ないのを感じ出した。

「気違いの息子には当り前だ」

僕は十分とたたないうちにひとり又往来を歩いて行った。アスファルトの上に落ちた紙屑は時々僕等人間の顔のようにも見えないことはなかった。すると向うから来た断髪にした女が一人通りかかった。彼女は遠目には美しかった。けれども目の前へ来たのを見ると、小皺のある上に醜い顔をしていた。のみならず妊娠しているらしかった。僕は思わず顔をそむけ、広い横町を曲って行った。が、暫らく歩いているうちに痔の痛みを感じ出した。それは僕には坐浴より外に癒すことの出来ない痛みだった。

「坐浴、——ベエトオヴェンもやはり坐浴をしていた。……」

坐浴に使う硫黄の匂いは忽ち僕の鼻を襲い出した。しかし勿論往来にはどこにも硫黄は見えなかった。僕はもう一度紙屑の薔薇の花を思い出しながら、努めてしっかりと歩いて行った。

一時間ばかりたった後、僕は僕の部屋にとじこもったまま、窓の前の机に向かい、

新らしい小説にとりかかっていた。ペンは僕にも不思議だったくらい、ずんずん原稿用紙の上を走って行った。しかしそれも二三時間の後には誰か僕の目に見えないものに抑えられたようにとまってしまった。僕はやむを得ず机の前を離れ、あちこちと部屋の中を歩きまわった。僕の誇大妄想はこう云う時に最も著しかった。僕は野蛮な歓びの中に僕には両親もなければ妻子もない、唯僕のペンから流れ出した命だけあると云う気になっていた。

けれども僕は四五分の後、電話に向わなければならなかった。電話は何度返事をしても、唯何か曖昧な言葉を繰り返して伝えるばかりだった。が、それは兎も角もモオルと聞えたのに違いなかった。僕はとうとう電話を離れ、もう一度部屋の中を歩き出した。しかしモオルと云う言葉だけは妙に気になってならなかった。

「モオル――Mole……」

モオルは鼴鼠と云う英語だった。この聯想も僕には愉快ではなかった。が、僕は二三秒の後、Mole を la mort に綴り直した。ラ・モオルは、――死と云う仏蘭西語は忽ち僕を不安にした。死は姉の夫に迫っていたように僕にも迫っているらしかった。のみならずいつか微笑していたけれども僕は不安の中にも何か可笑しさを感じていた。この可笑しさは何の為に起るか？――それは僕自身にもわからなかった。僕は久

僕はこの影を見つめているうちに第二の僕のことを思い出した。第二の僕、――独逸人の所謂 Doppelgaenger は仕合せにも僕自身に見えたことはなかった。しかし亜米利加の映画俳優になったK君の夫人は第二の僕を帝劇の廊下に見かけていた。(僕は突然K君の夫人に「先達はつい御挨拶もしませんで」と言われ、当惑したことを覚えている)それからもう故人になった或隻脚の翻訳家もやはり銀座の或煙草屋に第二の僕を見かけていた。死は或は僕よりも第二の僕に来るのかも知れなかった。若し又僕に来たとしても、――僕は鏡に後ろを向け、窓の前の机へ帰って行った。

四角に凝灰岩を組んだ窓は枯芝や池を覗かせていた。僕はこの庭を眺めながら、遠い松林の中に焼いた何冊かのノオト・ブックや未完成の戯曲を思い出した。それからペンをとり上げると、もう一度新らしい小説を書きはじめた。（昭和二・三・二九）

　　五　赤　光

　日の光は僕を苦しめ出した。僕は実際鼹鼠のように窓の前へカアテンをおろし、昼間も電燈をともしたまま、せっせと前の小説をつづけて行った。それから仕事に疲れ

ると、テエヌの英吉利文学史をひろげ、詩人たちの生涯に目を通した。彼等はいずれも不幸だった。エリザベス朝の巨人たちさえ、——一代の学者だったベン・ジョンソンさえ彼の足の親指の上に羅馬とカルセエジとの軍勢の戦いを始めるのを眺めたほどの神経的疲労に陥っていた。僕はこう云う彼等の不幸に残酷な悪意に充ち満ちた歓びを感じずにはいられなかった。

或東かぜの強い夜、(それは僕には善い徴だった)僕は地下室を抜けて往来へ出、或老人を尋ねることにした。彼は或聖書会社の屋根裏にたった一人小使いをしながら、祈禱や読書に精進していた。僕等は火鉢に手をかざしながら、壁にかけた十字架の下にいろいろのことを話し合った。なぜ僕の母は発狂したか？ なぜ僕の父の事業は失敗したか？ なぜ又僕は罰せられたか？——それ等の秘密を知っている彼は妙に厳かな微笑を浮かべ、いつまでも僕の相手をした。のみならず時々短い言葉に人生のカリカテュアを描いたりした。僕はこの屋根裏の隠者を尊敬しない訣には行かなかった。しかし彼と話しているうちに彼も赤親和力の為に動かされていることを発見した。

「その植木屋の娘と云うのは器量も善いし、気立ても善いし、——それはわたしに優しくしてくれるのです」

「いくつ?」

「ことしで十八です」

それは彼には父らしい愛であるかも知れなかった。しかし僕は彼の目の中に情熱を感じずにはいられなかった。のみならず彼の勧めた林檎はいつか黄ばんだ皮の上へ一角獣の姿を現していた。(僕は木目や珈琲茶碗の亀裂に度たび神話的動物を発見していた)一角獣は麒麟に違いなかった。僕は或敵意のある批評家の僕を「九百十年代の麒麟児」と呼んだのを思い出し、この十字架のかかった屋根裏も安全地帯ではないことを感じた。

「如何ですか、この頃は?」

「不相変神経ばかり苛々してね」

「それは薬では駄目ですよ。信者になる気はありませんか?」

「若し僕でもなれるものなら……」

「何もむずかしいことはないのです。唯神を信じ、神の子の基督を信じ、基督の行った奇蹟を信じさえすれば……」

「悪魔を信じることは出来ますがね」

「ではなぜ神を信じないのです? 若し影を信じるならば、光も信じずにはいられな

「しかし光のない暗もあるでしょう」
「光のない暗とは？」
　僕は黙るより外はなかった。彼も赤僕のように暗の中を歩いていた。が、暗のある以上は光もあると信じていた。僕等の論理の異るのは唯こう云う一点だけだった。しかしそれは光は少くとも僕には越えられない溝に違いなかった。
「けれども光は必ずあるのです。その証拠には奇蹟があるのですから。……奇蹟など云うものは今でも度たび起っているのですよ」
「それは悪魔の行う奇蹟は。……」
「どうして又悪魔などと云うのです？」
　僕はこの一二年の間、僕自身の経験したことを彼に話したい誘惑を感じた。が、彼から妻子に伝わり、僕も赤母のように精神病院にはいることを恐れない訣にも行かなかった。
「あすこにあるのは？」
　この逞しい老人は古い書棚をふり返り、何か牧羊神らしい表情を示した。
「『ドストエフスキイ全集です。『罪と罰』はお読みですか？」

僕は勿論十年前にも四五冊のドストエフスキイに親しんでいた。が、偶然（？）彼の言った『罪と罰』と云う言葉に感動し、この本を貸して貰った上、前のホテルへ帰ることにした。電燈の光に輝いた、人通りの多い往来はやはり僕には不快だった。殊に知り人に遇うことは到底堪えられないのに違いなかった。僕は努めて暗い往来を選び、盜人のように歩いて行った。

しかし僕は暫らくの後、いつか胃の痛みを感じ出した。この痛みを止めるものは一杯のウィスキイのあるだけだった。僕は或バアを見つけ、その戸を押してはいろうとした。けれども狭いバアの中には煙草の煙の立ちこめた中に芸術家らしい青年たちが何人も群がって酒を飲んでいた。のみならず彼等のまん中には耳隠しに結った女が一人熱心にマンドリンを弾きつづけていた。僕は忽ち当惑を感じ、戸の中へはいらずに引き返した。するといつか僕の影の左右に揺れているのを発見した。しかも僕を照らしているのは無気味にも赤い光だった。僕は往来に立ちどまった。けれども僕の影は前のように絶えず左右に動いていた。僕は怯づ怯づふり返り、やっとこのバアの軒に吊った色硝子のランタアンを発見した。ランタアンは烈しい風の為に徐ろに空中に動いていた。……

僕の次にはいったのは或地下室のレストオランだった。僕はそこのバアの前に立ち、

「ウィスキイを？」

僕は曹達水の中にウィスキイを入れ、黙って一口ずつ飲みはじめた。僕の隣には新聞記者らしい三十前後の男が二人何か小声に話していた。のみならず仏蘭西語を使っていた。僕は彼等に背中を向けたまま、全身に彼等の視線を感じた。それは実際電波のように僕の体にこたえるものだった。彼等は確かに僕の名を知り、僕の噂をしているらしかった。

「Bien……très mauvais……pourquoi ?……」
「Pourquoi ?……le diable est mort !……」
「Oui, oui……d'enfer……」

僕は銀貨を一枚投げ出し、（それは僕の持っている最後の一枚の銀貨だった）この地下室の外へのがれることにした。夜風の吹き渡る往来は多少胃の痛みの薄らいだ僕の神経を丈夫にした。僕はラスコルニコフを思い出し、何ごとも懺悔したい欲望を感じた。が、それは僕自身の外にも、——いや、僕の家族の外にも悲劇を生じるのに違いなかった。のみならずこの欲望さえ真実かどうかは疑わしかった。若し僕の神経さえ常人のように丈夫になれば、——けれども僕はその為にはどこかへ行かなければな

「ウィスキイを一杯註文した。

Black and White ばかりでございますが、……」

らなかった。マドリッドへ、リオへ、サマルカンドへ、……そのうちに或店の軒に吊った、白い小型の看板は突然僕を不安にした。それは自動車のタイアアに翼のある商標を描いたものだった。僕はこの商標に人工の翼を手よりにした古代の希臘人(ギリシヤ)を思い出した。彼は空中に舞い上った揚句、太陽の光に翼を焼かれ、とうとう海中に溺死(できし)していた。マドリッドへ、リオへ、サマルカンドへ、——僕はこう云う僕の夢を嘲笑(あざわら)わない訣には行かなかった。同時に又復讐(ふくしゅう)の神に追われたオレステスを考えない訣にも行かなかった。

僕は運河に沿いながら、暗い往来を歩いて行った。そのうちに或郊外にある養父母の家を思い出した。養父母は勿論僕の帰るのを待ち暮らしているのに違いなかった。恐らくは僕の子供たちも、——しかし僕はそこへ帰ると、おのずから僕を束縛してしまう或力を恐れずにはいられなかった。運河は波立った水の上に達磨船(だるません)を一艘横づけにしていた。その又達磨船は船の底から薄い光を洩(も)らしていた。そこにも何人かの男女の家族は生活しているのに違いなかった。やはり愛し合う為に憎み合いながら。……が、僕はもう一度戦闘的精神を呼び起し、ウィスキイの酔いを感じたまま、前のホテルへ帰ることにした。

僕は又机に向い、「メリメエの書簡集」を読みつづけた。それは又いつの間にか僕

歯車

に生活力を与えていた。しかし僕は晩年のメリメエの新教徒になっていたことを知ると、俄かに仮面のかげにあるメリメエの顔を感じ出した。彼も赤やはり僕等のように暗(やみ)の中を歩いている一人だった。暗の中を？——「アナトオル・フランスの対話集」を読い本に変りはじめた。が、この近代の牧羊神もやはり十字架を荷っていた。

僕は憂鬱(ゆううつ)を忘れる為に「近代の日本の女」と云う小論文を書きかけた。しかし一時間ばかりたった後(のち)、給仕は僕に一束の郵便物を渡しに顔を出した。それ等の一つはライプツィッヒの本屋から僕に「近代の日本の女」と云う小論文を書かせるのだった。なぜ彼等は特に僕にこう云う小論文を書かせるのであろう？ のみならずこの英語の手紙は「我々は丁度日本画のように黒と白の外に色彩のない女の肖像画でも満足である」と云う肉筆のP・Sを加えていた。僕はこう云う一行に Black and White と云うウィスキイの名を思い出し、ずたずたにこの手紙を破ってしまった。それから今度は手当り次第に一つの手紙の封を切り、黄いろい書簡箋(しょかんせん)に目を通した。この手紙を書いたのは僕の知らない青年だった。しかし二三行も読まないうちに「あなたの『地獄変(じごくへん)』は……」と云う言葉は僕を苛立(いらだ)たせずには措かなかった。三番目に封を切った手紙は僕の甥(おい)から来たものだった。僕はやっと一息つき、家事上の問題などを読んで行った。けれどもそれさえ最後へ来ると、いきなり僕を打ちのめした。

「歌集『赤光』の再版を送りますから……」

赤光！　僕は何ものかの冷笑を感じ、僕の部屋の外へ避難することにした。廊下には誰も人かげはなかった。僕は片手に壁を抑え、やっとロッビイへ歩いて行った。そ␣れから椅子に腰をおろし、兎に角巻煙草に火を移すことにした。巻煙草はなぜかエエア・シップ*だった。(僕はこのホテルへ落ち着いてから、いつもスタアばかり吸うこ␣とにしていた)人工の翼はもう一度僕の目の前へ浮かび出した。僕は向うにいる給仕を呼び、スタアを二箱貰うことにした。しかし給仕を信用すれば、スタアだけは生憎品切れだった。

「エエア・シップならばございますが、……」

僕は頭を振ったまま、広いロッビイを眺めまわした。僕の向うには外国人が四五人テエブルを囲んで話していた。しかも彼等の中の一人、――赤いワン・ピイスを着た女は小声に彼等と話しながら、時々僕を見ているらしかった。

「Mrs. Townshead……」

何か僕の目に見えないものはこう僕に囁いて行った。ミセス・タウンズヘッドなどと云う名は勿論僕の知らないものだった。たとい向うにいる女の名にしても、――僕は又椅子から立ち上り、発狂することを恐れながら、僕の部屋へ帰ることにした。

僕は僕の部屋へ帰ると、すぐに或精神病院へ電話をかけるつもりだった。が、そこへはいることは僕には死ぬことに変らなかった。僕はさんざんためらった後、この恐怖を紛らす為に「罪と罰」を読みはじめた。しかし偶然開いた頁は「カラマゾフ兄弟」の一節だった。僕は本を間違えたのかと思い、本の表紙へ目を落した。「罪と罰」――本は「罪と罰」に違いなかった。僕はこの製本屋の綴じ違えた頁を開いたことに運命の指の動いているのを感じ、やむを得ずそこを読んで行った。けれども一頁も読まないうちに全身の震えるのを感じ出した。そこはイヴァンを、――その又綴じしめられるイヴァンを描いた一節だった。イヴァンを、ストリントベルグを、モオパスサンを、或はこの部屋にいる僕自身を。

こう云う僕を救うものは唯眠りのあるだけだった。……しかし催眠剤はいつの間にか一包みも残らずになくなっていた。僕は到底眠らずに苦しみつづけるのに堪えなかった。が、絶望的な勇気を生じ、珈琲を持って来て貰った上、死にもの狂いにペンを動かすことにした。二枚、五枚、七枚、十枚、――原稿は見る見る出来上って行った。僕はこの小説の世界を超自然の動物に満していた。のみならずその動物の一匹に僕自身の肖像画を描いていた。けれども疲労は徐ろに僕の頭を曇らせはじめた。僕はとうとう机の前を離れ、ベッドの上へ仰向けになった。それから四五十分間は眠ったらしい。

った。しかし又誰か僕の耳にこう云う言葉を囁いたのを感じ、忽ち目を醒まして立ち上った。
「le diable est mort」*

凝灰岩の窓の外はいつか冷えびえと明けかかっていた。僕は丁度戸の前に佇み、誰もいない部屋の中を眺めまわした。すると向うの窓硝子は斑らに外気に曇った上に小さい風景を現していた。それは黄ばんだ松林の向うに海のある風景に違いなかった。僕は怯ず怯ず窓の前へ近づき、この風景を造っているものは実は庭の枯芝や池だったことを発見した。けれども僕の錯覚はいつか僕の家に対する郷愁に近いものを呼び起していた。

僕は九時にでもなり次第、或雑誌社へ電話をかけ、兎に角金の都合をした上、僕の家へ帰る決心をした。机の上に置いた鞄の中へ本や原稿を押しこみながら。

（昭和二・三・三十）

六　飛　行　機

僕は東海道線の或停車場からその奥の或避暑地へ自動車を飛ばした。運転手はなぜ

かこの寒さに古いレエン・コオトをひっかけていた。努めて彼を見ないように窓の外へ目をやることにした。——恐らくは古い街道に葬式が一列通るのに加わってはいないらしかった。が、金銀の造花の蓮は静かに輿の前後に揺いで行った。……

やっと僕の家へ帰った後、僕は妻子や催眠薬の力により、二三日は可也平和に暮らした。僕の二階は松林の上にかすかに海を覗かせていた。僕はこの二階の机に向かい、午前だけ仕事をすることにした。鳥は鳩や鴉の外に雀も縁側へ舞いこんだりした。それもまた僕には愉快だった。鳩の声を聞きながら、僕はペンを持ったまま、その度にこんな言葉を思い出した。

「喜雀堂に入る」——

或生暖かい曇天の午後、僕は或雑貨店へインクを買いに出かけて行った。セピア色のインクはこの店に並んでいるのはセピア色のインクばかりだった。セピア色のインクは僕を不快にするのを常としていた。僕はやむを得ずこの店を出、人通りの少ない往来をぶらぶらひとり歩いて行った。そこへ向うから近眼らしい四十前後の外人が一人肩を聳やかせて通りかかった。彼はここに住んでいる被害妄想狂の瑞典人だった。しかも彼の名はストリントベルグだった。僕は彼とすれ違う時、肉体的に何か

こたえるのを感じた。
この往来は僕の側を僅かに二三町だった。が、その二三町を通るうちに丁度半面だけ黒い犬は四度も僕の側を通って行った。のみならず今のストリントベルグのタイも黒と白だったのを思い出した。それは僕にはどうしても偶然であるとは考えられなかった。若し偶然でないとすれば、——僕は頭だけ歩いているように感じ、ちょっと往来に立ち止まった。この鉢は又底のまわりに翼らしい模様を浮き上らせていた。そこへ松の梢から雀が何羽か舞い下って来た。が、この鉢のあたりへ来ると、どの雀も皆言い合わせたように一度に空中に逃げのぼって行った。……
僕は妻の実家へ行き、庭先の籐椅子に腰をおろした。庭の隅の金網の中には白いレグホン種の鶏が何羽か静かに歩いていた。それから又僕の足もとには黒犬も一匹横になっていた。僕は誰にもわからない疑問を解こうとあせりながら、兎に角外見だけは冷やかに妻の母や弟と世間話をした。
「静かですね、ここへ来ると」
「それはまだ東京よりもね」

「ここでもうるさいことはあるのですか?」
「だってここも世の中ですもの」

妻の母はこう言って笑っていた。実際この避暑地もまた「世の中」であるのに違いなかった。僕は僅かに一年ばかりの間にどのくらいここにも罪悪や悲劇の行われているかを知り悉していた。徐ろに患者を毒殺しようとした医者、養子夫婦の家に放火した老婆、妹の資産を奪おうとした弁護士、——それ等の人々の家を見ることは僕にはいつも人生の中に地獄を見ることに異ならなかった。

「この町には気違いが一人いますね」
「Hちゃんでしょう。あれは気違いじゃないのですよ。莫迦になってしまったのですよ」
「早発性痴呆と云うやつですね。あいつはこの間もどう云う量見か、馬頭観世音の前にお時宜をしていました」
「気味が悪くなるなんて、……もっと強くならなければ駄目ですよ」
「兄さんは僕などよりも強いのだけれども、——」

無精髭を伸ばした妻の弟も寝床の上に起き直ったまま、いつもの通り遠慮勝ちに僕等の話に加わり出した。

「強い中に弱いところもあるから。……」
「おやおや、それは困りましたね」
　僕はこう言った妻の母を見、苦笑しない訣には行かなかった。すると弟も微笑しながら、遠い垣の外の松林を眺め、何かうっとりと話しつづけた。(この若い病後の弟は時々僕には肉体を脱した精神そのもののように見えるのだった)
「妙に人間離れをしているかと思えば、人間的欲望もずいぶん烈しいし、……」
「善人かと思えば、悪人でもあるしさ」
「いや、善悪と云うよりも何かもっと反対なものが、……」
「じゃ大人の中に子供もあるのだろう」
「そうでもない。僕にははっきりと言えないけれど、……電気の両極に似ているのかな。何しろ反対なものを一しょに持っている」
　そこへ僕等を驚かしたのは烈しい飛行機の響きだった。僕は思わず空を見上げ、松の梢に触れないばかりに舞い上った飛行機を発見した。それは翼を黄いろに塗った、珍らしい単葉の飛行機だった。鶏や犬はこの響きに驚き、それぞれ八方へ逃げまわった。殊に犬は吠え立てながら、尾を捲いて縁の下へはいってしまった。
「あの飛行機は落ちはしないか?」

「大丈夫。……兄さんは飛行機病と云う病気を知っている？」

僕は巻煙草に火をつけながら、「いや」と云う代りに頭を振った。

「ああ云う飛行機に乗っている人は高空の空気ばかり吸っているものだから、だんだんこの地面の上の空気に堪えられないようになってしまうのだって。……」

妻の母の家を後ろにした後、僕は枝一つ動かさない松林の中を歩きながら、じりじり憂鬱になって行った。なぜあの飛行機はほかへ行かずに僕の頭の上を通ったのであろう？　なぜ又あのホテルは巻煙草のエエア・シップよ（ヒショ）ばかり売っていたのであろう？

僕はいろいろの疑問に苦しみ、人気のない道を選って歩いて行った。海は低い砂山の向うに一面に灰色に曇っていた。その又砂山にはブランコのないブランコ台が一つ突っ立っていた。僕はこのブランコ台を眺め、忽ち絞首台を思い出した。実際又ブランコ台の上には鴉が二三羽とまっていた。鴉は皆僕を見ても、飛び立つ気色さえ示さなかった。のみならずまん中にとまっていた鴉は大きい嘴（くちばし）を空へ挙げながら、確かに四たび声を出した。

僕は芝の枯れた砂土手に沿い、別荘の多い小みちを曲ることにした。この小みちの右側にはやはり高い松の中に二階のある木造の西洋家屋が一軒白じらと立っている筈（はず）だった。（僕の親友はこの家のことを「春のいる家」と称していた）が、この家の前

へ通りかかると、そこにはコンクリイトの土台の上にバス・タッブが一つあるだけだった。火事——僕はすぐにこう考え、そちらを見ないように歩いて行った。すると自転車に乗った男が一人まっすぐに向うから近づき出した。彼は焦茶いろの鳥打ち帽をかぶり、妙にじっと目を据えたまま、ハンドルの上へ身をかがめていた。僕はふと彼の顔に姉の夫の顔を感じ、彼の目の前へ来ないうちに横の小みちへはいることにした。しかしこの小みちのまん中にも腐った鼹鼠の死骸が一つ腹を上にして転がっていた。

 何ものかの僕を狙っていることは一足毎に僕を不安にし出した。そこへ半透明な歯車も一つずつ僕の視野を遮り出した。僕は愈最後の時の近づいたことを恐れながら、頸すじをまっ直にして歩いて行った。歯車は数の殖えるのにつれ、だんだん急にまわりはじめた。同時に又右の松林はひっそりと枝をかわしたまま、丁度細かい切子硝子を透かして見るようになりはじめた。僕は動悸の高まるのを感じ、何度も道ばたに立ち止まろうとした。けれども誰かに押されるように立ち止まることさえ容易ではなかった。
　……
　三十分ばかりたった後、僕は僕の二階に仰向けになり、じっと目をつぶったまま、烈しい頭痛をこらえていた。すると僕の眸の裏に銀色の羽根を鱗のように畳んだ翼が

一つ見えはじめた。それは実際網膜の上にはっきりと映っているものだった。僕は目をあいて天井を見上げ、勿論何も天井にはそんなもののないことを確めた上、もう一度目をつぶることにした。しかしやはり銀色の翼はちゃんと暗い中に映っていた。僕はふとこの間乗った自動車のラディエタア・キャップにも翼のついていたことを思い出した。……

 そこへ誰か梯子段を慌しく昇って来たかと思うと、すぐに又ばたばた駈け下りて行った。僕はその誰かの妻だったことを知り、驚いて体を起すが早いか、丁度梯子段の前にある、薄暗い茶の間へ顔を出した。すると妻は突っ伏したまま、息切れをこらえていると見え、絶えず肩を震わせていた。

「どうした?」

「いえ、どうもしないのです。……」

 妻はやっと顔を擡げ、無理に微笑して話しつづけた。

「どうもした訣ではないのですけれどもね、唯何だかお父さんが死んでしまいそうな気がしたものですから。……」

 それは僕の一生の中でも最も恐しい経験だった。——僕はもうこの先を書きつづける力を持っていない。こう云う気もちの中に生きているのは何とも言われない苦痛で

ある。誰か僕の眠っているうちにそっと絞め殺してくれるものはないか？

(昭和二・四・七)

注　解

大導寺信輔の半生

ページ

八　*回向院　東京都墨田区両国(もと本所区)にある浄土宗の寺。天明元年(1781)以降境内で勧進相撲が興行された。
　　*穴蔵大工　穴蔵(大きい箱を地中に埋めて造る)の箱や風呂桶などを作る大工。
　　*お竹倉　墨田区横網町一丁目あたりの通称。江戸時代、御竹奉行の蔵のあった地で堀割、雑木林があった。
　　*しもた家　商売をしていない一般住宅。仕舞うた屋(店じまいをした家)の転。
　　*山の手　東京都西部の住宅地。武蔵野台地東部の麹町、四谷、赤坂、牛込、小石川、本郷などをいい、官吏や軍人が多く住んだ。

九　*蘆花の『自然と人生』　徳冨蘆花(1868―1927)の随筆小品集。明治三十三年八月民友社刊。散文詩八十七編、短編小説、コローの評伝各一編からなる。絵画的な自然描写を簡潔清新な文語体で試みた散文詩はひろく愛読され、明治・大正の文章に多大な影響を及ぼした。

一〇 *ラボック John Lubbock（1834—1913）イギリスの人類学者。考古学者。銀行家。
*百本杭　横網町付近の隅田川に臨んだ河岸の俗称。江戸時代、波よけのため杭が何本も打たれていた。

一二 *Vita sexualis　ビタ・セクスアリス（ラテン語）。性欲的生活。
*伏見鳥羽の役　慶応四年（1868）一月三日、徳川慶喜を擁する旗本・御家人や会津・桑名藩が、薩摩藩討伐のため入京しようとして、京都府の伏見、鳥羽で薩長軍と衝突した戦い。幕府軍が大敗した。

一四 *棟割長屋　一棟の家を壁で仕切って数軒に分割した長屋。

一五 *保証人会議　生徒の保証人（多くは両親）が集まり、生徒指導、監督などについて意見を交換する会。現在のPTAにあたる。
*国木田独歩を模倣した　独歩（1871—1908）には事実の記録としての日記とは別に、二十三歳から二十七歳までの文学的日記「欺かざるの記」がある。

一六 *風月　風月堂。江戸時代から銀座にある有名な菓子屋。
*勤倹尚武　任務に励み、節約を重んじ、武勇を尊ぶこと。
*玉篇　中国梁の顧野王が著した画引字書。三十巻。唐・宋代に補修され、平安時代以来日本でも一般に広く愛用された。
*奢侈文弱　ぜいたくで文事にばかりふけり弱々しいこと。
*独歩は恋を恋すと言へり　独歩には短編小説「恋を恋する人」がある。

注解

一七 *衷情　うそいつわりのない本心。
　　*Petty Bourgeois（英）。仏語のプチ・ブルジョア（Petit Bourgeois）に同じ。経済的にプロレタリア（無産階級）に属しながらブルジョアジー（資本家階級）に近い意識で生活する小市民。中産階級。

一九 *デェト date（英）。年代。

二〇 *「死人の家」ドストエフスキイがシベリアへ流刑された時のオムスク監獄での生活を基にした記録小説。
　　*花袋　田山花袋（1871―1930）。小説家。明治四十年に「蒲団」を発表し、日本自然主義文学の先駆をなした。ほかに「生」「田舎教師」などの作がある。
　　*自彊術　道家の導引（秦時代に起こった養生法。大気を体内に入れることで心を静め欲を制する）に近代体操を組み合わせた健康増進法。

二一 *「猟人日記」ロシアの文豪ツルゲーネフの短編集。ロシアの自然を背景として、悲惨な農奴たちの生活を描き、農奴解放の推進力となった。芥川は中学四、五年の頃、友人の西川英次郎から英訳本を借りて愛読した。
　　*筐底　箱の底。箱の中。

二三 *操行点　品行に関する評価。
　　*帝国文庫　明治二十六年から同三十五年まで博文館から毎月二回刊行された文学叢書。和漢の小説、通俗読物、実録などを収録し、広く普及した。

二三

*水滸伝　中国の長編小説。成立年代、作者未詳。梁山泊を拠点とする宋代の群盗百八人の離合集散を描いたもの。帝国文庫に収録されたのは滝沢馬琴訳「新編水滸画伝」。
*替レ天行レ道の旗　百二十回本の第七十六回。童貫が大宋の天子から四斗五方の旗を下賜され、宋公明と敵対する話。
*景陽岡の大虎　同第二十三回。景陽岡で竹松が虎を殺した話。
*菜園子張青の梁に吊った人間の腿　同第二十七回。張青という男が旅人をつかまえては殺し、その肉を売って暮らす話。
*一丈青扈三娘　同第四十八回の話に登場する女戦士。
*花和尚魯智深　物語の最初で活躍する豪傑の僧。いれずみをしていたので花和尚という。
*机の前。
*几上　便所の中。
*厠上
*天竺の仏　インドの釈迦。
*過去生　前世。過去に受けた生。
*イヴァン・カラマゾフ　Ivan Karamazov　ドストエフスキイの小説「カラマゾフの兄弟」に登場するカラマゾフ家の次男。
*ハムレット　Hamlet　シェイクスピアの悲劇「ハムレット」の主人公。
*公爵アンドレイ　Andre　トルストイの小説「戦争と平和」の主要人物。
*ドン・ジュアン　Don Juan　ドン・ファンの英語・フランス語読み。放蕩生活を送っ

注解

* メフィストフェレス Mephistopheles 中世ドイツの伝説上の悪魔。ゲーテの詩劇「ファウスト」で有名。
* ライネッケ狐 Reinecke Fuchs 中世ドイツの伝説上の狐。ゲーテの詩などに登場する。
* 村田清風 (1783—1855) 幕末の長州藩士。藩主毛利齊房に仕え、幕末維新における長州藩活躍の基礎をつくった。
* 山県有朋 (1838—1922) 明治時代の軍人、政治家。長州藩士として奇兵隊を組織し、討幕戦争で活躍。維新後、元帥・内相・首相などの地位につき、藩閥政府の最高権力者となった。

二四
* ジュリアン・ソレル Julien Sorel フランスの作家スタンダールの小説「赤と黒」"Le Rouge et le Noir" (1830) の主人公。貧民の出身で出世のため僧職を志すが、功利と恋愛につまずき、ついに処刑される情熱的野心家。
* 迂遠の策 遠回りな方法。
* 都に近き山の形 「松茸や都に近き山の形」。江戸前期の俳人惟然の句。「続猿蓑」所収。
* 鬱金畠の秋の風 「朝露や鬱金畠の秋の風」。江戸前期の俳人凡兆の句。「猿蓑」所収。
* 沖の時雨の真帆片帆 「いそがしや沖の時雨の真帆片帆」。江戸前期の俳人去来の句。

* 「猿蓑」所収。闇のかた行く五位の声　「稲妻や闇のかた行く五位の声」。芭蕉の句。「続猿蓑」所収。五位は五位さぎ。
* ゴオティエ　Théophile Gautier(1811—72)　フランスのロマン派の詩人、小説家、批評家。
* バルザック　Honoré de Balzac(1799—1850)　フランスの小説家。近代写実主義を確立した。
* トルストイ　Lev Nikolaevich Tolstoi(1828—1910)　十九世紀ロシア文学を代表する文豪。

二五　* 大橋図書館　千代田区九段にあった私立図書館。明治三十四年に実業家大橋新太郎が創設。入場料をとって一般に公開した。
* 帝国図書館　上野公園内にある現国立国会図書館支部上野図書館の前身。

二六　* 「ツァラトストラ」　ドイツの哲学者ニーチェの著「ツァラトゥストラはかく語りき」"Also sprach Zarathustra"(1883—91)をさす。山へ入ったツァラトゥストラが下界へ下りて、超人主義の哲学を説くという内容。注(一三〇頁)参照。

二七　* リヴィングストン　David Livingstone (1813—73)　イギリスの探険家、宣教師。アフリカを探険し原住民の教化につくしたところから「暗黒大陸の父」と呼ばれる。
* バイロン　George Gordon Byron (1788—1824)　イギリスのロマン派詩人。

二八 *Herr und Knecht　ヘル・ウント・クネヒト（独）。主人と下男。主従関係。
 *ホイットマン　Walt Whitman（1819―92）アメリカの詩人。詩集に「草の葉」がある。
 *創造的進化　evolution créatrice（仏）の訳。フランスの哲学者ベルグソンの思想の根本概念。ベルグソンの主著「創造的進化」は創造的に進化すべき生の哲学を説き、世界に大きな影響を及ぼした。

二九 *武者小路実篤（1885―1976）トルストイの影響をうけ、人道主義を提唱した白樺派の代表的作家。
 *悄悧（しょうこう）　原義は「がっかりする、ぼんやりする」などの意だが、龍之介はここでは「憧憬、あこがれ」の意に用いている。

三〇 *芥火（あくたび）　漁夫が、流れついた藻屑（もくず）を集めて焼く火。

玄鶴山房（げんかくさんぼう）

三四 *数奇を凝らしていた　風流な工夫をいろいろほどこす。
 *特許　発明・考案をした者、または継承者が、その発明・新案・意匠・商標などを独占して使用できる権利を政府が与えること。
 *文化村　郊外で、洋風、または和洋折衷のサラリーマンなどの住宅が集まっている区域の俗称。
 *見越しの松　日本庭園で、塀ぎわに植えて、外から見えるようにした松。

三五 *ゴールデン・バット　golden bat（英）。日本製紙巻煙草の一種。最も安価な煙草で、現在もある。

三七 *文化竈　経済的で便利な新型のかまど。当時は新しい商品には（住宅などにも）よく文化の文字を冠した。

三八 *チャブ台　足の低い食卓。

三九 *夜伽　夜、寝ないでそばにつきそうこと。

四〇 *引き窓　綱を引いて開閉する高窓。天窓。

*銀杏返し　女の髪形の一種。たばねた髪を二つに分け、左右に曲げて半円形に結んだもの。

四一 *省線電車　もと鉄道省・運輸省の管理下に置かれた電車およびその路線の通称。省線。

*JR（Japan Railway　昭和六十二年四月一日より国鉄が分割民営化され発足）の旧称。

*羅両峯（1733―99）中国清代の画家。名は聘、字は遯夫。号が両峯。寺僧、山川、人物、花竹の画をよくし、超現実的な神経の感覚を表現した。

四三 *上総　旧国名。現在の千葉県中部。

*曲折　こみいった事情。始終。

五〇 *懐郷病　ホーム・シック。

*紀州沖　紀伊国（和歌山県）の沖あい。

*床ずれ　長く病床にある人の、床に当たる身体の部分が赤くはれて痛むこと。

注解

五一 *儕輩（さいはい） 同じ仲間。友人。
 *篆刻家（てんこくか） 木・石・金属などに印を彫る人。多く、篆書体の文字を用いるのでいう。

五二 *お目出度くなって 死んでの意。忌み言葉で、反対の表現。
 *桑ボヤ 桑の葉を摘みとった後の小枝。乾かして薪（たきぎ）などにする。
 *観音経 妙法蓮華経巻八観世音菩薩普門品（ふもんぼん）第二十五の一品を独立させたもの。観世音の功徳・妙行を説く。
 *妙音観世音…… 観音経末尾の経文の中にある文句。

五三 *「かっぽれ、かっぽれ」「かっぽれかっぽれ甘茶でかっぽれ」というはやしことばのある滑稽な俗謡。
 *ヘロイン Heroin（独）。麻薬の一種。鎮痛・鎮静・麻酔・催眠作用があるが、連用すると中毒症状を起こす。
 *桜の二十 花札で、最高の点となる良い札。
 *黄檗（おうばく）の一行もの 黄檗流の一行ものの掛軸。黄檗山万福寺を開創した隠元（いんげん）禅師をはじめ、黄檗派の僧は書を能（よ）くし、江戸時代の書道界に大きな影響を与えた。これを黄檗流という。

五六 *故朋輩 昔からの友人。
 *Liebknecht Wilhelm Liebknecht ウィルヘルム・リイプクネヒト（1826—1900）。ドイツの社会主義者。マルクスの弟子で、ドイツ社会民主党の創立と発展に貢献した。

蜃気楼

六〇 *蜃気楼 大気の温度差が大きい時、その大気密度の違いによって生じる光の異常屈折現象。遠方の地上の物体の像が砂漠や海上の空中に浮かんで見える。昔、蜃(大はまぐり)が吐き出す息によって生じると考えて名づけられたもの。

* 東家 鵠沼海岸の旅館の名。現存。

六一 *O君 洋画家で当時芥川の親友であった小穴隆一がモデルと思われる。

* インバネス inverness (英)。男性用のそでなし外套。これの和服用を二重まわし・と

六三 んびという。

* 瀝青 チャン タールを蒸溜して得るかすで、塗料の一種。黒または濃茶色の粘質物。

六六 *Sr. H. Tsuji……1926 (エスペラント語)。「ツジ (辻) 氏……一九〇六年四月一日、一九二六年五月二日」

*「芋粥」 大正五年、当時の一流文芸雑誌「新小説」九月号に発表した芥川の短編。文壇への初登場ともいうべき作品で、その出来栄えに非常な注意を払った。

六七 *Yちゃん 芥川の三男也寸志をさす。

河童

七四 *コオンド・ビイフ corned beef (英)。塩味の牛肉のかんづめ。コンビーフ。

注　解

七八 *瀟洒 あかぬけて小ざっぱりとしているさま。
　　*エッチング etching（英）。版画の一種。銅板に蠟をぬり表面に針で画を彫り、硝酸でその線の部分を腐食させてつくる。
八〇 「水虎考略」文政三年（1820）古賀侗（とうあん）著。水虎（かっぱ）の事を考証図解したもの。
八八 *アブサント absinthe（仏）。緑色の洋酒。強いリキュール酒で世紀末の芸術家が愛飲した。
九一 *ランタアン lantern（英）。角型で四面をガラス張りにしたランプ。
九三 *Lied リート（独）。歌曲。
九六 *茘枝（れいし） ムクロジ科の常緑高木。果実は卵形で鱗片（りんぺん）でおおわれ外面に亀甲紋（きっこう）がある。
九七 *罷業（ひぎょう） ストライキ。
九九 *恬然（てんぜん） 物事にこだわらずのんびりしたさま。平然。
一〇〇 *第四階級 プロレタリアート（労働者階級）のこと。原義は一八四八年、フランスで二月革命を起こした急進的市民階級および労働者階級をさす。封建社会で国王・大名を第一階級、貴族・僧侶を第二階級、ブルジョアジーを第三階級とするに対していった。
　　*セセッション風 secession（英）。建築様式の一。形や色彩が単純簡明で直線的なもの。
　　*ビスマルク Bismarck (1815–98) ドイツの政治家。ドイツ帝国（第二帝国）初代宰相。ドイツ統一と産業資本主義の育成に貢献し、ヨーロッパ外交の主導権を握った。

一〇三 *柳田国男 (1875—1962) 民俗学者。「山島民譚集」は大正三年刊で、芥川は「河童の考証は柳田国男氏の山島民譚集に尽してゐる」(「雑筆」) と述べている。
一〇四 *青化加里 青酸加里。毒薬。
一〇六 *家作 貸家。
一〇七 *キネマ キネマトグラフ (kinematograph) の略。映画。シネマ。
一〇八 *タナグラの人形 一八七〇年、古代ギリシャの都市タナグラ (Tanagra) から出土した素焼の人形。ヘレニズム時代の風俗人形が多く、婦人像にすぐれている。
一一五 *矜誇 自慢すること。
一一六 *ボオドレエル Charles Pierre Baudelaire (1821—67) フランスの詩人。詩集「悪の華」でフランス象徴主義の先駆者となる。他に散文詩「パリの憂愁」がある。晩年発狂した。芥川は、遺稿「或阿呆の一生」第一章に「人生は一行のボオドレエルにも若かない」と書き残した。
*ヴォルテエル Voltaire (1694—1778) 本名 François Marie Arouet フランスの小説家、劇作家、思想家。理性と自由を掲げて合理主義の啓蒙思想家として活躍し、超自然を否定、聖書を批判した。
一二九 *金口の煙草 口にくわえる部分を金紙で巻いた高級な巻き煙草。
一三四 *こごしく 険しく。
*「ミニヨンの歌」ドイツの作家ゲーテ〔注(一八二頁)参照〕の有名な詩。現在「ウィル

注解

ヘルム・マイスターの徒弟時代』第三巻に収められている。訳詩集『於母影(おもかげ)』(明治二十二年刊、森鷗外ら新声社同人の訳)収録の「ミニヨンの歌」(小金井喜美子訳と伝えられる)が有名。「いざ、立ちてゆかん……」の詩は「ミニヨン」の第三聯(れん)に似ている。

一二七 *剽窃(ひょうせつ) 他人の文章・詩歌を盗みとって、自分の作として発表すること。

一二八 *拝火教 ゾロアスター教。善神を象徴する聖火を崇拝する。

*ニコライ堂 ロシア人宣教師ニコライが明治二十四年に創建した日本ハリストス正教会中央本部の大聖堂。東京都千代田区駿河台(するがだい)にある。

*コリント風 corinthian order (英)。イオニア風、ドーリス風とともにギリシャの三建築様式の一つ。古代ギリシャのコリント市で前七世紀頃より起こる。葉飾り、卵形などの彫刻で柱頭が装飾され、華麗、繊細である。

一三〇 *ゴシク風 Gothic (英)、Gotik (独) gothique (仏)。西洋中世建築様式の一。窓・出入口のとがったアーチに特色がある。

*穹窿(きゅうりゅう) 中央が高く弓形をした丸天井。

*龕(がん) 石像などを安置する箱。

*ストリントベリイ Johan August Strindberg (1849–1912) スウェーデンの作家。辛辣(しんらつ)な批評精神で世紀末の人間像を描いた。スウェデンボルグの影響を受け、作風が自然主義から神秘主義に移行した。

*スウェデンボルグ Emanuel Swedenborg (1688–1772) スウェーデンの哲学者。神

一三一 *「伝説」 "Legender"(1898) ストリンドベリイの自伝的小説。
 *ニイチェ Friedrich Wilhelm Nietzsche (1844—1900) ドイツの哲学者。キリスト教的、民主主義的倫理を排し、権力意志の体現としての超人思想を説いた。晩年発狂した。

一三二 *轢死(れきし)する人足の心もち 国木田独歩(1871—1908)が短編小説『窮死』(明治四十年六月「文芸倶楽部(クラブ)」)で、結核に侵された下層労働者が、追いつめられ轢死するまでを描いた。
 *ワグネル Wilhelm Richard Wagner (1813—83) ドイツの作曲家。音楽・詩歌・詩劇の総合をめざす楽劇理論を確立し、「トリスタンとイゾルデ」などドイツ浪漫(ロマン)派を代表する大作を残した。晩年は不遇だった。
 *タイティ タヒチ (Tahiti)。南太平洋にあるフランス領ソシエテ諸島の島。太平洋の楽園といわれる。
 *仏蘭西(フランス)の画家ゴーガン (Paul Gauguin 1848—1903)。フランスの後期印象派の画家。文明生活にあきてタヒチにわたり、土人の生活を多く描いた。明確な線と強烈な色調を特徴とする。
 *ヴェヌス Venus (ラテン語)。ギリシャ神話に登場する美と愛の女神。ビーナス。

一三五 *ステュディオ studio (英)。仕事部屋。アトリエ。スタジオ。撮影室。

一三七 *十七字詩　俳句のこと。「古池や」は芭蕉の有名な句。
*光彩陸離　光が美しくきらめくさま。ひきたって美しいこと。
*クライスト　Heinrich von Kleist (1777―1811) ドイツの劇作家、小説家。理想と現実とを結ぼうとする激しい情熱に裏づけられた写実的作風。代表作に戯曲「壊れ甕」がある。湖畔で人妻とピストル自殺した。

一三九 *マインレンデル　P. Mainlaender (1841―76) 本名 Philipp Batz。ショオペンハウエルの影響を受けた哲学者。世界は神の力が分裂し遂に消滅に至る過程にあり、一切の個体は死滅によって目的に達する。ゆえに自殺は讃美されるべきだとし自殺した。
*ワイニンゲル　Otto Weininger (1880―1903) オーストリアの思想家。「性の形而上学」を説いた。著書に「性と性格」がある。
*モンテエニュ　Michel Eyquem de Montaigne (1533―92) フランスの思想家。ストア主義から懐疑主義をへて天性に随い自然を楽しむ人生観をつづった。「随想録」が有名。
*ショオペンハウエル　Arthur Schopenhauer (1788―1860) ドイツの哲学者。真の実在である盲目の生存意志の衝突によって、苦痛にみちた人生をすごさねばならぬという厭世哲学を説いた。
*ナポレオン　Napoléon (1769―1821) フランスの皇帝ナポレオン一世。一時は全ヨーロッパに君臨した英雄。
*ダアウィン　C. R. Darwin (1809―82) 進化論を首唱したイギリスの生物学者。

* クレオパトラ Cleopatra (69—30B.C.) エジプトの美貌の女王。国を統一後、自殺した。
* デモステネス Demosthenes (384—322B.C.) アテネの政治家。雄弁家。マケドニアの侵入に対しギリシャの自由を強調し、自殺した。
* ダンテ Alighieri Dante (1265—1321)「神曲」「新生」などを著したイタリアの大詩人。
* 千の利休 千宗易(1522—91)。安土桃山時代の茶人。利休は号。千家流の祖。

或阿呆の一生

一五二 *インデキス index (英)。索引。
一五三 *モオパスサン Guy de Maupassant (1850—93) フランスの自然主義作家。冷厳綿密な観察、明晰な文体で名声を博したが、のちパリで狂死した。代表作に「脂肪の塊」「女の一生」「ベラミ」などがある。
* イブセン Henrik Ibsen (1828—1906) ノルウェーの劇作家。近代劇の創始者といわれる。
* ショオ George Bernard Shaw (1856—1950) イギリスの劇作家・批評家・小説家・社会思想家。「人と超人」「運命の人」など〈問題劇〉とよばれる四十編におよぶ戯曲を書き、イギリス近代劇の第一人者となる。各種の社会問題をユーモアを混えた毒舌で裁

　　　　　　　　　　注　解　　　　　　257

　　断した。
　＊ヴェルレェン Paul Marie Verlaine (1844—96) フランス象徴派の代表的詩人。詩人ランボーと同性愛に陥り、家庭を捨てて共にイギリス、ベルギーを放浪したが、その関係のいきづまりからランボーをピストルで傷つけ、二年間の監獄生活を送った。音楽性を重視し、近代の憂愁や敬虔な祈りを美しい律動と諧調（かいちょう）で抒情的にうたいあげた。
　＊ゴンクウル兄弟 Edmond (1822—96) et Jules (1830—70) de Goncourt フランスの自然主義作家。弟ジュールの死まで兄弟で合作を続けた。
　＊ハウプトマン Gerhart Hauptmann (1862—1946) ドイツ最大の自然主義劇作家・小説家。「日の出前」「寂しき人々」などの著作がある。
　＊フロオベェル Gustave Flaubert (1821—80) フランスの小説家。没個性に徹したリアリズムを主張し、「ボヴァリイ夫人」「サランボー」「聖アントワーヌの誘惑」などを書いた。
一五四　＊ダイナモ　dynamo（英）。発電機。
一五七　＊パンの神　Pan ギリシャ神話に登場する森林・牧畜・狩猟の神。山羊（やぎ）の足・耳・つのを持つ半人半獣神で、笛の音楽と踊りを好み、山野をめぐりニンフとたわむれる。時に家畜や人々に原因不明の恐怖を与えることから、パニック（恐慌）の語源となっている。
一五八　＊ゴオグ　Vincent van Gogh (1853—90) オランダの後期印象派の画家。ゴッホ。日本の浮世絵の影響を受け、強烈な色彩と大胆なタッチの画風を確立。後半生はフランスで

一六二 *阿蘭陀芹 パセリ。

一六三 *和蘭人 ゴオグをさす。発狂して自分の片耳を切り落とした。

一六四 *アナトオル・フランス Anatole France (1844—1924) フランスの小説家・詩人。社会主義的傾向を持つ懐疑的な作風で、皮肉や風刺を得意とする。

一六五 *半身半馬神 上半身が人間、下半身が馬の形をしたギリシャ神話のケンタウロス。野蛮で乱暴な種族で、原始的野獣性を象徴する。

一六六 *ルッソオ Jean-Jacques Rousseau (1712—78) フランスの啓蒙思想家。理性に対して感情の優位を主張し、自然に帰れと説いた。「人間不平等起源論」「社会契約論」で革命の先駆をなし、「新エロイーズ」で情熱の解放をうたってロマン主義の基礎を築いた。「カンディイド」"Candide ou L'optimisme"(1759) ヴォルテエルの哲学的な小説。宗教・道徳・政治を鋭く風刺した。

一六七 *ヴォルテエル Voltaire (1694—1778) 注(一二六頁)参照。
*昔の希臘人 ギリシャ神話に登場するイカルス (Icarus)。名工匠デイダルスの子。父子ともに幽閉され、父が翼を発明して脱出したが、イカルスは父の戒めを忘れて太陽に近づいたので翼を焼かれ海に落ち溺死した。

一七一 *麁朶垣 切り取った木の枝(粗朶)で組んだ垣。
*羅馬カトリック教 キリスト教の一派。公教会。

注解

一七二
* 伽藍(がらん)　寺院の別称。
* 一宇　一棟。一軒。宇は家の意。
* 糸目　器物に刻みつけた細い線。

一七四
* 露西亜人レーニン (Vladimir Ilich Lenin 1870—1924) のこと。ロシアの革命家。
* 傾向詩　作者の主義・思想を強く打ち出した詩。
* 十戒　モーゼがシナイ山頂で神から授けられた十の戒め。キリスト教の根本道徳の規定で「旧約聖書」の〈出エジプト記〉〈申命記(しんめいき)〉に記される。「汝殺すなかれ」「汝姦淫(かんいん)するなかれ」など。

一七五
* セザンヌ Paul Cézanne (1839—1906) フランスの画家。印象派から出発して、しだいに主観的描写に移行し「自然を円筒・球・円錐としてあつかう」幾何学的形態と調和的な色彩で自然観照を追究した。二十世紀絵画の父といわれる。

一八〇
* 胃アトニィ　胃の弛緩(しかん)。胃下垂など。atony (英)、Atonie (独) は医学で、組織の緊張力が弱まり、ゆるんだ症状。
* Magic Flute (英)。「魔笛」。原題 Die Zauberflöte (独)。モーツアルトの最後の最高の歌劇。王子タミーノが魔笛を持って夜の女王の娘パミーナを救いにいく物語を主題とする。
* Mozart モーツアルト。Wolfgang Amadeus Mozart (1756—91) オーストリアの作曲家。ウィーン古典学派最高の作曲家の一人で、ドイツ古典音楽の完成者。

一八一 *「神々は……」芥川の随筆「侏儒の言葉」に「あらゆる神の属性中、最も神の為に同情するのは神には自殺の出来ないことである」と述べている。

一八二 *Divan ゲーテの「西東詩集」(1819)。アラビアの詩人の影響や、マリアンヌとの恋愛を主材とした。

一八三 *ゲエテ Johann Wolfgang von Goethe (1749―1832) ドイツの大詩人・小説家。シュトルム・ウント・ドランク（感情の魔性を表現し啓蒙主義に反抗する文学思潮。疾風怒濤時代と訳される）の中心となり、ドイツ古典主義文学を樹立した。

*アクロポリス akropolis（ギリシャ語）。古代ギリシャの都市の中心または背後にあった丘。アクロは高所、ポリスは都市国家の意。外敵への要害の地とするほか、神聖な場所として神殿や劇場が建てられた。特にアテネのパルテノン神殿の遺跡をさす。

*ゴルゴタ Golgotha エルサレム近郊の丘の名。イエス=キリストがはりつけにされた。

*宦官 かんがん 貴族や宮廷の後宮に仕える生殖器を切り取られた男子。

*懺悔録 confessions ルソーの自叙伝。告白録とも訳される。厳しい自己反省と美しい自然描写が、後のロマン主義文学に多大の影響を与えた。

*「新生」島崎藤村の自伝的告白小説。大正七―八年「朝日新聞」連載。主人公の小説家が妻の死後、姪と関係し、世評をさけて一度は渡仏するが、帰国後二人の不倫の関係を宗教的な愛に高め、二人の「新生」を得ようとするまでの精神的遍歴を描く。

注解

一八四 *フランソア・ヴィヨン François Villon (1431—?) フランスの詩人。殺人、泥棒、放浪などの経歴を持ち、パリを追放され消息を絶った。罪・貧窮・敗残・死などの主題を優れた技巧でうたいあげた。
*スウィフト Jonathan Swift (1667—1745) イギリスの風刺作家。宗教・政治・学問・社会の腐敗を痛烈に批判し、傑作「ガリバー旅行記」を残したが、愛人の死後発狂し精神病院で死んだ。
*プラトニック・スウィサイド Platonic suicide (英)。精神的自殺。
*ダブル・プラトニック・スウィサイド double Platonic suicide (英)。精神的心中。

一八六 *「詩と真実と」 Dichtung und Wahrheit (1811—31)「わが生活より」("Aus meinem Leben")と題するゲーテの自叙伝の副題。幼年時代から二十六歳までの青春時代を描く。創作活動に重要な意味を持った事柄が記され、自叙伝の典型、古典とされる。

一八七 *テラコッタ terra-cotta (伊)。素焼きの粘土製の美術品。
*「検察官」 ゴーゴリの喜劇。一八三五年完成、三六年ペテルブルクで初演。
*ゴオゴリイ Nikolai Vasilievich Gogol (1809—52) ロシアの小説家・劇作家。十九世紀ロシア・リアリズム文学の基礎を築き、長編「死せる魂」を執筆中に自殺した。
*ラディゲ Raymond Radiguet (1903—23) フランスの小説家・詩人。ラディゲの遺作「ドルジェル伯の舞踏会」(1924) の序文でコクトーが「ここに彼の最後の言葉をしるす……『ねえ、大変なことになってしまったんだ。あと三日すると、僕は神の兵士たちに

* コクトオ Jean Cocteau (1889—1963) フランスの詩人・小説家・劇作家・映画監督。洒脱・幻想的な詩風からダダイスト・立体派の運動に関係し、独自のモダニズム精神に基づいた作品を発表した。親友ラディゲの死をきっかけとしてカトリックに改宗。映画「美女と野獣」「オルフェ」、小説「恐るべき子供たち」など。

歯　車

一九一
　* オイル・クロオス oil cloth (英)。油を引いた布。テーブルかけ。
　* カンヴァス canvas (英)。粗織の麻布。引いてあった油脂がはげたため。
　* お茶を濁す　ごまかす。
一九二
　* コオペラティヴ co-operative society (英)。協同組合・消費組合。
一九三
　* カイヨオ夫人 Madame Caillaux　当時のフランス蔵相の妻。夫を中傷したフィガロ新聞の支配人を射殺した。
　* フラン franc (仏)。フランスなどの貨幣単位。
　* 麒麟(きりん)　中国で聖人の出現する前に現われると称された想像上の動物。麒はオス、麟はメス。動物園にいるキリンではない。
一九六
　* 一角獣　ギリシャ神話に出てくる架空の動物。ユニコーン (unicorn)。からだは馬の形で、馬に似た顔に一本の角とヤギのあごひげ、カモシカの足、シシの尾を持つ。

注解

* 鳳凰 中国で聖天子の出現する前兆として現われるという想像上の鳥。
* フェニックス Phoenix（英）。エジプト神話の霊鳥。五百年ごとに神壇の上で焼け死に、灰の中から幼鳥として復活する不死鳥。不死永生の象徴。
* 堯、舜 堯と舜。ともに中国古代の伝説的聖王。徳をもって天下を治めた理想的帝王とされる。
* 「春秋」 魯の歴史家が作成し孔子が加筆して周代に成立したと伝える歴史書。
* Worm ウォーム（英）。うじ。旧約聖書の詩篇や新約聖書のマルコ伝などにみえる語。
* シャンパアニュ champagne（仏）。シャンパン。フランスのシャンパーニュ地方でできる上等なぶどう酒。

一九七

* Polikouchka ポリコーチカ（人名）。小説の題名。
* 常磐橋界隈 東京駅の近く。
* カリカテュア caricature（英）。漫画。風刺画。
* タッブ tub（英）。桶。浴槽。
* マロック皮 ヤギの皮をなめしたモロッコ特産の良質な皮。

一九八
二〇一
二〇二
二〇三

* ダンテの地獄 ダンテの叙事詩「神曲」の「地獄篇」をさす。
* 「僕は芸術的良心を始め……」小品「僕は」（昭和二年一月号「驢馬」）に書いており、「侏儒の言葉」（「文藝春秋」連載）や「闇中問答」（遺稿）にも同じようなことを述べている。

二〇四

二〇五 *コンテ conté（仏）はクレヨンの一種。十九世紀にフランスの化学者コンテが発明した。
　　　*青山　東京都港区北部の地名。芥川は青山脳病院長斎藤茂吉に神経衰弱の治療を受けていた。
二〇六 *昇降機 lift（英）。エレベーター。
二〇七 *Tantalizing タンタライジング（英）。イライラする。じらして苦しめる。
　　　*Tantalus タンタルス。ギリシャ神話に出てくるゼウスの子。父の秘密をもらした罰として湖にあごまで浸され、のどが渇いて水を飲もうとすれば水は減退し、飢えて果物を取ろうとすれば枝は後退し、永遠の渇きと飢えに苦しむ。tantalizing の語源。
　　　*Inferno インフェルノ（伊）。地獄。ダンテの「神曲」地獄篇の題名。
　　　*「漱石山房」　夏目漱石の書斎の号。新宿区早稲田南町七番地にあり、漱石は明治四十年九月二十九日にここへ移転して以来、この書斎で木曜会という談話会を開いた。芥川も大正四年の暮から漱石に師事し、書斎に出入りした。
二〇八 *ツォイス Zeus（独）。ギリシャ神話における最高の神。ゼウス。
二〇九 *丸善　東京都中央区日本橋通り（銀座通りに続く大通り）にある大書店。明治二年創業。当時は木造三階建で、二階が洋書部。
　　　*ムッシウ・ボヴァリイ Monsieur Bovary　ボヴァリイ氏。フローベール〔注（一五三頁）参照〕の小説「マダム・ボヴァリイ」（"Madame Bovary"）中のマダム・ボヴァリ

二〇 *「寿陵余子」 寿陵（中国戦国時代の燕国の地名）の余子（満二十歳に満たない少年）。燕国の少年が邯鄲（趙国の都）へ行き歩きぶりを学んだが、都会の歩き方を身につけられなかったばかりか、もとの田舎の歩き方も忘れてしまったので、這って帰ったという故事による。己れの本分を捨て他の行為をまねても両方とも物にならないことをいう。

*「韓非子」 中国戦国時代の韓の公子で法家の説を大成した韓非の著書。比喩・寓話を用いて法律政治を説いた書で、「孟子」「荘子」とあわせ先秦の三大文学とされる。ただし、この寓話は「韓非子」ではなく、「荘子」の「秋水篇」に見える。芥川は随筆「骨董羹」（大正九年）でこれをペン・ネームとして使った。

二一 *聖ジョオジ Saint George 二世紀ごろ殉教した伝説の勇士。イングランドの守護聖人とされ、馬上から竜を退治している姿で描かれる。

*屠竜の技 学んでも世間で役に立たない技、名技。屠竜は竜を打ち殺すことで、実際には益のないことのたとえ。

*セエント・ヘレナ St. Helena 大西洋のアフリカ西海岸沖にある島の名。ナポレオンは一八一五年から七年間ここに流刑に処されて死んだ。

*「侏儒の言葉」 大正十二年一月から「文藝春秋」に連載したアフォリズム的随筆。

*アフォリズム aphorism（英）。簡潔な形式で人生や文化の真理を評言した文章。格言。

二一三 *「地獄変」 芥川が大正七年に「大阪毎日新聞」に発表した歴史小説。良秀という画師が、地獄変の屏風を描くため、最愛の娘の焼き殺されるところを実見し、その様子を屏風絵に写したあと自殺するという筋。

警句。箴言。

二一四 *或銅像 皇居前広場にある楠木正成の銅像。

二一七 *清教徒 キリスト教の一派。ピューリタン。十六世紀後半に起こる。すべての娯楽・快楽を罪悪とし、華美・豪奢を退け、清浄な生活を行なうことを主義とする。

二一九 *「暗夜行路」 志賀直哉の長編小説。前編は大正十年「改造」に発表され、主人公時任謙作が、母と祖父の不義の子であることを知るまでの青春期の不安と動揺を描く。後編は大正十一年から昭和十二年までの間に断続的に発表され、妻の過失に悩む主人公が、精神の安定を得るまでの魂の発展を描いている。直哉の内面的自叙伝。

*メリメエ Prosper Mérimée (1803—70) フランスの小説家・学者。

*朱舜水 (1600—82) 中国の儒者。万治二年 (1659) 日本に帰化。水戸光圀に招かれた。明治四十五年六月二日、朱舜水記念会によって第一高等学校構内（旧水戸藩の下屋敷）に記念碑が建てられた。

*「点鬼簿」 大正十五年十月「改造」に発表。

二二三 *Doppelgaenger ドッペルゲンガー（独）。二重身。二重人格。同一人物が同時に二カ所に現われる現象。

二二三 *テエヌ　Hippolyte Taine (1828—93) フランスの哲学者・歴史家・評論家。文芸批評にはじめて科学的精神を導入した。「イギリス文学史」は名著として長く権威があった。
*エリザベス朝の巨人たち　エリザベス一世 (1533—1603) の治世四十五年間(イギリス文学の隆盛期)に活躍したシェイクスピア、ベン・ジョンソンら多数の大詩人、大作家をさす。

二二五 *ベン・ジョンソン　Ben Jonson (1572—1637) イギリスの詩人・劇作家。
*カルセェジ　Carthage　カルタゴ。北アフリカのフェニキア人の建てた古代都市。ローマを相手に戦い、滅亡した。
*或老人室賀文武　芥川の実家新原家の牛乳配達をし、その後雑貨の行商をし銀座の聖書会社につとめた。

二二六 *牧羊神　ローマ神話の自然神。農園、森林を管理し牧人を保護する神。夢・予言・詩の神ともされる。ギリシャ神話の「パンの神」と同一視される。
*耳隠し　耳を髪でおおい隠すように結った束髪。大正末期に流行した。

二二七 *Black and White　イギリスの高級ウィスキー。
*Bien……d'enfer　(仏)「本当に……大変悪い……なぜ？……」「なぜ？……悪魔は死んだ！……」「そう、そう……地獄の……」
*ラスコルニコフ　ドストエフスキイの長編小説「罪と罰」の主人公の名。純粋な魂を持つ娼婦ソーニャの前に金貸しの老婆殺しを告白する。

二二八 ＊マドリッドへ……サマルカンドへ　Madrid（スペインの首都。高原にある）、Rio（ブラジルの都市。海岸にある）Samarkand（ウズベキスタンの都市、中世チムール国の首都、山麓にある）
＊古代の希臘人　ギリシャ神話に登場するイカルス。「或阿呆の一生」の注（一六五頁）参照。

二二九 ＊オレステス　Orestes　ギリシャ神話に出てくる人物。父を殺した母とその姦夫とを討ち、復讐の神々に追われて狂人となる。
＊達磨船　長さに比べて幅の広い貨物運送用の木船。

二三〇 ＊ライプツィッヒ　Leipzig　ドイツの都市。書籍出版で有名。
＊「赤光」　斎藤茂吉の第一歌集。大正二年初版。万葉集の伝統を踏まえ、近代人の情感を大胆に表現し、近代短歌に大きな足跡を残した。狂人を歌った歌がある。
＊エエア・シップ　air-ship
＊スタア　star　当時の高級国産巻煙草。

二三一 ＊「カラマゾフ兄弟」　ドストエフスキイの長編小説。
＊イヴァン　イヴァン・フョードロヴィッチはカラマゾフ三兄弟の次男。秀才の無神論者で、悪魔的な存在として書かれている。小説「河童」執筆をさす。
＊超自然の動物に満たしていた

二三二 ＊le diable est mort　（仏）。悪魔は死んだ。

二三三 *竜燈　仏前に供える竜をかたどった燭台。
　　　*輿　棺をのせてかつぐ具。
二三四 *喜雀堂に入る　喜雀はかささぎの別称。喜びをもたらすとされる。
　　　*セピア色 sepia（英）。暗褐色。
二三五 *弟　義弟塚本八州。
　　　*馬頭観世音　馬頭観音。三つの顔と八つの腕を持ち、宝冠に馬の頭をいただき憤怒の相を表わしている。一切の魔性煩悩を屈伏させ、衆生の苦を救い、畜生を済度する。六観音の一。
二三八 *切子硝子　切り込み細工をほどこした鉛ガラス。カットグラス。
二三九 *ラディエタア・キャップ radiator cap（英）。自動車の前部の放熱装置のおおい。

　　　　　　　　　　　　　　　三好行雄

解説

吉田精一

この巻には、芥川龍之介の最晩年の作品をあつめている。その発表年時と発表機関を記すと次のようである。

大導寺信輔の半生　大正一四年一月　『中央公論』
蜃気楼　昭和二年一、二月　『中央公論』
玄鶴山房　昭和二年三月　『婦人公論』
河童　昭和二年三月　『改造』
或阿呆の一生　昭和二年一〇月　『改造』
歯車　昭和二年一〇月　『文藝春秋』

そのうち、『或阿呆の一生』と『歯車』は、死後の発表である。

巻頭においた『大導寺信輔の半生』は、彼の作風に一転機を劃した作品として見られている。未完であるが、作品の善悪ということよりも、作者が彼自身をはじめて正

視し、「私」を主人公とした、自伝的なものという意味においてである。この作が発表された当時、菊池寛は評して、「年の故で、つまらない機智をひらめかすことなどは、段々少なくなった。文章が漸く重厚な味を加えて来たことは、彼のために喜んでいいだろう。正道な小説としてはとにかく、作者のいわゆる精神的風景画として、そのタッチのあざやかさと、観方の鋭どさに感心してもいいだろう」と云っている。

それから、これは小説だが、堀辰雄の『物語の女』(『楡の家』改題)の中で、女主人公の口を通して、

その冬になってから、私は或る雑誌に森さんの『半生』という小説を読んだ。これがあのO村で暗示を得たと仰有っていた作品なのであろうと思われた。御自分の半生を小説的にお書きなさろうとしたものらしかったが、それにはまだずっとお小さい時のことしか出て来なかった。そういう一部分だけでも、あの方がどういうものをお書きになろうとしているのか見当のつかない事もなかった。が、この作品の調子には、これまであの方の作品についぞ見たことのないような不思議に憂鬱なものがあった。しかしその見知らないものは、ずっと前からあの方の作品のうちに深く潜在していたものであって、唯、われわれの前にあの方の伴われていた brilliant な調子のためにすっかり掩いかくされていたに過ぎないように思われるもの

だった。——こういう生な調子でお書きになるのはあの方としては大へんお苦しいだろうとお察しするが、どうか完成なさるようにと心からお祈りしていた。が、その『半生』は最初の部分が発表されたきりで、とうとうそのまま投げ出されたようだった。それは何か私にはあの方の前途の多難なことを予感させるようでならなかった。

と書いているのは、「森さん」と『半生』との名を借りて、芥川と、この作品をさしているのである。たしかにここに出ている自虐的な心理や精神は、直線的に『或阿呆の一生』や『歯車』に通じるものがあるといってよい。ただしかし、作者の態度が誠実だからといって、作中の事実をそのまま真実とうけとることは危険である。ここには意識された誇張とウソがないわけではない。たとえば中学時代、「操行点だけは一度も六点を上らなかった」というのは、マッカなウソであるらしい。彼をもっとも愛した、受持の英語教師広瀬雄は、彼が善良で優秀な学生として、すべての教師たちから愛されたと証言しているのである。

『玄鶴山房』は彼の晩年の作品として、もっとも本格的な構成をもっている。ここに出て来る、甲野という、他人の苦痛を享楽することに病的な興味を抱いている看護婦の存在のように、人生からとくに暗澹とした面のみを拾い上げたかの観があるが、こ

の家庭内部の事情が、彼の見ている人生を暗示しているようである。そこに見られる事実は、どれ一つとして人間の侘しさとか、人生の暗澹さ加減を語らないものはない。この作品を傑作としてもっとも愛した宇野浩二は、『玄鶴山房』で入れると十一人の人物が出て来るが、ちょいと出て来る子供や女中まで、巧みに使っていると賞讃した上、（芥川龍之介）

『玄鶴山房』は、念には念を入れた、まったく用意周到な、細工のこまかい、小説である。そのためには、やはり、作為の見え透くところもある。あまりに作り過ぎるからである。そのかわり心にくいほど旨いところもある。

といって、「痛く心を打たれたところ」として、「『玄鶴山房』の夜は静かだった……」から「甲野は……彼女自身の行く末などを。……」までのパッセージや、玄鶴の自殺をはかる場面、「一時間ばかりたった後……」から「『やあ、お爺さんがあんなことをしていらあ』」までのパッセージをあげている。

この小説の大部分は『玄鶴山房』内の悲劇であるが、最後に近く彼はこのブルジョア悲劇に一回転をあたえて山房外の世界にふれさせ、広い世間の風を迎え入れているリイプクネヒトを読む大学生を点出したのはそれで、それが当時の批評家の問題となった。これは作者の意識的な趣向であり、はからいであるが、宇野浩二はこの部分を

「玄鶴山房」が、仮りに完璧に近い作品であるとすれば、その、「山房以外へ触れさせた」(二)、(三)、(四)、(五)の四節であって、「山房内」(六)は、余計なものではないが、書き方が慌ただしく、(六)があるために、作品の形がくずれている」と評しているる。それもまた一見識である。しかし芥川としては、(六)を書かなければ、「新派悲劇」的な作品の世界に、息づまる思いがあったのであろう。

『蜃気楼』は芥川がもっとも自信をもった作品であり、一見へんてつもない、日記の一部のようなさりげないものだが、全篇無気味な美しさから成立っている。喘ぎ喘ぎ書かれたような息切れのはげしい短文と短文との間に、不思議な鬼気がたち上り、へんな実感に富んでいる。久米正雄がこの作品を激賞したのも無理はない。全然筋のないところに生じる純芸術的な美しさという喜びは彼の全作中随一であろう。

『河童』は風変りな小説であり、ジャンルとしてはスウィフト (J. Swift) の『ガリヴァー旅行記』(Gulliver's Traveles 1726) や、ヴォルテール (F. M. A. Voltaire) の『カンディイド』(Candide ou L'optimisme 1759) や、ゲーテ (J. W. Goethe) の『ライネッケ・フックス』(Reineke Fuchs 1793) や、バトラア (S. Batlor) の『エレホン』(Erewhon 1872) などの類に属する。すなわちそれはたんなるユートピア小説ではなく、スウィフトの大人国、小人国、馬の国、ヤフウの人間ではあっても、風俗・精

神の現実世界と全然ちがう異郷、あるいは芥川の『河童』の世界のように、ふつうの人間社会と類を絶した背景をとることが多い。そうしたカモフラージュのもとに、現在の社会、政治、宗教、道徳、習慣などを、批判、諷刺するのが目的であって、理想郷それ自体を表現することを中心としていない。

芥川の『河童』は、あらゆるものに対する、とりわけ彼自身に対する「デグウ（嫌悪）――吉田」から生まれた」と彼自身云っている。遅筆な彼としては「近年にない速力」で書き上げたものである。作風、内容は、先行の作品では、もっともバトラアの『エレホン』に似ている。部分的にもその相似はいくつか指摘できる。発端の山中にわけ入って、異域にふみこんでしまうだんどりも似ている。あるいは赤ン坊の出生告知状――『エレホン』では赤ン坊は元来「未生国」の一員で、そこであらゆる立派な給養をうけていたのだが、それにもかかわらず自発的にこの世に出て来たのであって、そのことの責任を自分の双肩は負う、という文書に署名する――のくだりなどは、『河童』では、赤ン坊が自発的に出産を拒否するという、巧みな「芥川化」もほどこされているのである。

もちろん『エレホン』は十九世紀末のイギリス社会を踏まえ、現実批判を主とする諷刺文学だから、『河童』は二十世紀初めの日本の社会を背景としている。両者が全

然別種のおもむきを呈しているのは説くまでもない。ともかくこの『河童』の世界では、彼自身にとって、もっとも痛切な問題のみを大写しにしている。出産、遺伝、家族制度、恋愛、検閲、失業、政党、ジャーナリズム、新聞、戦争、芸術、法律、自殺、宗教、死後の問題などである。

この作品は当然大きな反響をよび、多くの批評が出たが、そのうちただ一つ、「あなたの批評だけ僕を動かしました」と作者に云わせたのは『生活者』(昭二、四) に出た吉田泰司のそれであった。その一部を次にひいておく。

(略) 自分はこの奇狂な主材の座を通して流れている作者のいぶされた人間的昂奮を随所に感じた。それは雑沓の中の孤独の感傷であり、不思議な仮面を冠った憂鬱の訴えである。

至るところに精巧な機知と冷たい狂想がある。それが作者の心の最も深い理性の奥から作用して来て、一種異様な皮肉の情熱を醸し出している。賢明な諷刺の座に何か悲哀につながる憂憤がある。それは正直に、自分らしく、自分をとり囲んで激しく動揺している現象の社会に、関心し、考慮し、苦しみ喘いでいる作者の痛ましい無信仰の告白のようにもとれる。(略)

『或阿呆の一生』は、原稿に「自伝的エスキス」と割註がしてあって抹消されていた

ところから見ても、自叙伝の意味をもつものだったことは明らかである。原稿のでき上った日時は、久米正雄にあてた附記にある六月二十日という日づけによって知られる。彼の遺書『或旧友へ送る手記』の中では、自殺の動機を、自己の将来に対するぼん「ぼんやりとした不安」のためとしているが、つづいて、「僕は僕の将来に対するぼんやりした不安も解剖した。それは僕の『阿呆の一生』の中に大体は尽しているつもりである」とのべている。

このように、この作品は、自己の生涯の事件と心情を、五十一の短篇に印象的にまとめたもので、死を前にした彼の、自己の一生を焦点的に鳥瞰した見取図だったわけである。したがってこの作品に精しいインデックスをつければ、それがそのまま「芥川龍之介の芸術と生涯」になるのである。ここにはその余裕がないから省略するが、必ずしも正確に年代を追って書かれているとはいいがたく、時々意識的に順序をかえているところがある。「ふし穴からのぞくように」(島崎藤村評)短い章句につづめた印象の点綴は、恐らく冷徹な末期の目にうつった、自己の「詩と真実と」にほかならない。「最後まで自分を美しく粧装しつづけた」作品であり、「遂に本音を吐かず、自分をむき出しにすることなしに終った」(久保田万太郎評)ともいわれないではない。ここに書かれている以外に、もっと隠微な、もっと湿潤な部分が、彼の生涯になかっ

たともいい切れないのである。しかしそうした事実をあなぐるより、我々はただこの文章の奏でる魂の旋律に、黙して耳を傾けるべきだろう。

『歯車』ははじめ『夜』という題が附してあった。芥川の書斎でこの原稿を示された佐藤春夫は、『夜』では個性がなさすぎるし、『東京の夜』では気どりすぎるので、ともかく予覚の前兆をすすめたという。内容について精しく解説する余裕はないが、『歯車』の題をすすめたという。内容について精しく解説する余裕はないが、『歯車』の題をすすめ迫害の妄想といい、彼をさいなむのにはたらく「見えざる手」と、それによってさいなまれる主人公の苦痛とが、生々しく、凄惨なものを感ぜしめるほどに描写されている。

晩年の彼は「筋のない小説」の意義を強調したおもむきがあるが、これはその種の一で、多少の歪曲とフィクションはあるにしても、彼自身の体験を心象風景としてつづったものである。主人公たる「僕」の見また感じる、地獄より地獄的な人生図である。無数の幻覚と錯覚が、彼の神経を戦慄させる。芥川以上にはげしい恐怖と戦慄を感じた晩年のストリンドベリイには一方に天啓や聖者の幻影の救援があった。神をもたない芥川にはそれがなく、周囲の敵意を持っているものの中に蒼ざめ、おびえるのみである。

この作品を芥川の最高の名作とする佐藤春夫、川端康成等と、書きすぎて雑音があるとする久米正雄、宇野浩二、徳田秋声等の二つの評価がわかれているが、全作を通じて最も問題の作品であることは疑いないのである。

(昭和四十三年十一月、国文学者)

表記について

　新潮文庫の文字表記については、原文を尊重するという見地に立ち、次のように方針を定めました。

一、旧仮名づかいで書かれた口語文の作品は、新仮名づかいに改める。
二、文語文の作品は旧仮名づかいのままとする。
三、旧字体で書かれているものは、原則として新字体に改める。
四、難読と思われる語には振仮名をつける。
五、漢字表記の代名詞・副詞・接続詞等のうち、特定の語については仮名に改める。

　本書で仮名に改めた語は次のようなものです。

　…居る──…いる　　　彼是──かれこれ　　　此、之──この、これ
　嘸──さぞ　　　　　其、夫──その、それ　　…丈──…だけ
　所が──ところが

芥川龍之介著　羅生門・鼻

王朝の説話物語にあらわれる人間の心理に、近代的解釈を試みることによって已れのテーマを生かそうとした"王朝もの"第一集。

芥川龍之介著　地獄変・偸盗

地獄変の屛風を描くため一人娘を火にかけて芸術の犠牲にし、自らは縊死する異常な天才絵師の物語「地獄変」など"王朝もの"第二集。

芥川龍之介著　蜘蛛(くも)の糸・杜子春(とししゅん)

地獄におちた男がやっとつかんだ一条の救いの糸をエゴイズムのために失ってしまう「蜘蛛の糸」、平凡な幸福を讃えた「杜子春」等10編。

芥川龍之介著　奉教人の死

殉教者の心情や、東西の異質な文化の接触と融和に関心を抱いた著者が、近代日本文学に新しい分野を開拓した"切支丹もの"の作品集。

芥川龍之介著　戯作三昧・一塊(いっかい)の土

江戸末期に、市井にあって芸術至上主義を貫いた滝沢馬琴に、自己の思想や問題を託した「戯作三昧」他に「枯野抄」等全13編を収録。

芥川龍之介著　侏儒(しゅじゅ)の言葉(ことば)・西方(さいほう)の人

著者の厭世的な精神と懐疑の表情を鮮やかに伝える「侏儒の言葉」、芥川文学の生涯の総決算ともいえる「西方の人」「続西方の人」の3編。

夏目漱石著 **倫敦塔・幻影の盾**
謎に満ちた塔の歴史に取材し、妖しい幻想を繰りひろげる「倫敦塔」、英国留学中の紀行文「カーライル博物館」など、初期の7編を収録。

夏目漱石著 **硝子戸の中**
漱石山房から眺めた外界の様子は？ 終日書斎の硝子戸の中に坐し、頭の動くまま気分の変るままに、静かに人生と社会を語る随想集。

夏目漱石著 **二百十日・野分**
俗な世相を痛烈に批判し、非人情の世界から人情の世界への転機を示す「二百十日」、その思想をさらに深く発展させた「野分」を収録。

夏目漱石著 **坑夫**
恋愛事件のために出奔し、自棄になって坑夫になる決心をした青年が実際に銅山で見たものは……漱石文学のルポルタージュ的異色作。

夏目漱石著 **文鳥・夢十夜**
文鳥の死に、著者の孤独な心象をにじませた名作「文鳥」、夢に現われた無意識の世界を綴り、暗く無気味な雰囲気の漂う「夢十夜」等。

夏目漱石著 **明暗**
妻と平凡な生活を送る津田は、かつて将来を誓い合った人妻清子を追って、温泉場を訪れた——。近代小説を代表する漱石未完の絶筆。

太宰 治 著 二十世紀旗手

麻薬中毒と自殺未遂の地獄の日々——小市民のモラルと、既成の小説概念を否定し破壊せんとした前期作品集。「虚構の春」など7編。

太宰 治 著 パンドラの匣(はこ)

風変りな結核療養所で闘病生活を送る少年を描く「パンドラの匣」。社会への門出に当って揺れ動く中学生の内面を綴る「正義と微笑」。

太宰 治 著 もの思う葦(あし)

初期の「もの思う葦」から死の直前の「如是我聞」まで、短い苛烈な生涯の中で綴られた機知と諧謔に富んだアフォリズム・エッセイ。

太宰 治 著 新樹の言葉

地獄の日々から立ち直ろうと懸命の努力を重ねた中期の作品集。乳母の子供たちと異郷で思いがけない再会をした心温まる話など15編。

太宰 治 著 ろまん燈籠

小説好きの五人兄妹が順々に書きついでいく物語のなかに五人の性格を浮き彫りにするという野心的な構成をもった表題作など16編。

太宰 治 著 地 図 ——初期作品集——

生誕百年記念出版。才気と野心の原点がここにある。中学生津島修治から作家太宰治へ、文豪の誕生を鮮やかに示す初期作品集。

新潮文庫最新刊

安部公房著 　（霊媒の話より）題未定
——安部公房初期短編集——

19歳の処女作「霊媒の話より」題未定」、全集未収録の「天使」など、世界の知性、安部公房の幕開けを鮮烈に伝える初期短編11編。

松本清張著 　空白の意匠
——初期ミステリ傑作集——

ある日の朝刊が、私の将来を打ち砕いた——。組織のなかで苦悩する管理職を描いた表題作をはじめ、清張ミステリ初期の傑作八編。

宮城谷昌光著 　公孫龍　巻一　青龍篇

群雄割拠の中国戦国時代。王子の身分を捨て、「公孫龍」と名を変えた十八歳の青年の行く手に待つものは。波乱万丈の歴史小説開幕。

織田作之助著 　放浪・雪の夜
——織田作之助傑作集——

織田作之助——大阪が生んだ不世出の物語作家。芥川賞候補作「俗臭」、幕末の寺田屋を描く名品「蛍」など、11編を厳選し収録する。

松下隆一著 　羅城門に啼く
——京都文学賞受賞——

荒廃した平安の都で生きる若者が得て初めての愛。だがそれは慟哭の始まりだった。地べたに生きる人々の絶望と再生を描く傑作。

河端ジュン一著 　可能性の怪物
——文豪とアルケミスト短編集——

織田作之助、久米正雄、宮沢賢治、夢野久作、そして北原白秋。文豪たちそれぞれの戦いを描く「文豪とアルケミスト」公式短編集。

新潮文庫最新刊

早坂 啓 著
VR浮遊館の謎
——探偵AIのリアル・ディープラーニング——

探偵AI×魔法使いの館！ VRゲーム内で勃発した連続猟奇殺人!? 館の謎を解き、脱出できるのか。新感覚推理バトルの超新星！

E・アンダースン
矢口誠訳
夜の人々

脱獄した強盗犯の若者とその恋人の、ひりつくような愛と逃亡の物語。R・チャンドラーが激賞した作家によるノワール小説の名品。

本橋信宏 著
上野アンダーグラウンド

視点を変えれば、街の見方はこんなにも変わる。誰もが知る上野という街には、現代の魔境として多くの秘密と混沌が眠っていた……。

G・ケイン
濱野大道訳
AI監獄ウイグル

監視カメラや行動履歴。中国新疆ではAIが"将来の犯罪者"を予想し、無実の人が収容所に送られていた。衝撃のノンフィクション。

高井浩章 著
おカネの教室
——僕らがおかしなクラブで学んだ秘密——

経済の仕組みを知る事は世界で戦う武器となる。謎のクラブ顧問と中学生の対話を通してお金の生きた知識が身につく学べる青春小説。

早野龍五 著
「科学的」は武器になる
——世界を生き抜くための思考法——

世界的物理学者がサイエンスマインドの大切さを語る。流言の飛び交う不確実性の時代に、正しい判断をするための強力な羅針盤。

新潮文庫最新刊

道尾秀介著	雷　　神	娘を守るため、幸人は凄惨な記憶を封印した故郷を訪れる。母の死、村の毒殺事件、父への疑惑。最終行まで驚愕させる神業ミステリ。
道尾秀介著	風神の手	遺影専門の写真館・鏡影館。母の撮影で訪れた歩実だが、母は一枚の写真に心を乱し……。幾多の嘘が奇跡に変わる超絶技巧ミステリ。
寺地はるな著	希望のゆくえ	突然失踪した弟、希望(のぞむ)。誰からも愛されていた彼には、隠された顔があった。自らの傷に戸惑う大人へ、優しくエールをおくる物語。
長江俊和著	出版禁止 ろろるの村滞在記	奈良県の廃村で起きた凄惨な未解決事件……。遺体は切断され木に打ち付けられていた。謎の手記が明かす、エグすぎる仕掛けとは！
花房観音著	果ての海	階段の下で息絶えた男。愛人だった女は、整形し、別人になって北陸へ逃げた——。「逃げる女」の生き様を描き切る傑作サスペンス！
松嶋智左著	巡査たちに敬礼を	現場で働く制服警官たちのリアルな苦悩と逆境からの成長、希望がここにある。6編からなる人間味に溢れた連作警察ミステリー。

河童・或阿呆の一生

新潮文庫　あ-1-6

著者	芥川龍之介
発行者	佐藤隆信
発行所	株式会社 新潮社

昭和四十三年十二月十五日　発　行
平成二十四年二月十五日　九十七刷改版
令和六年四月五日　百七刷

郵便番号　一六二-八七一一
東京都新宿区矢来町七一
電話　編集部（〇三）三二六六-五四四〇
　　　読者係（〇三）三二六六-五一一一
https://www.shinchosha.co.jp

価格はカバーに表示してあります。

乱丁・落丁本は、ご面倒ですが小社読者係宛ご送付ください。送料小社負担にてお取替えいたします。

印刷・東洋印刷株式会社　製本・加藤製本株式会社
Printed in Japan

ISBN978-4-10-102506-3　C0193